Claire Léost

DER SOMMER, IN DEM ALLES BEGANN

Roman

Aus dem Französischen
von Stefanie Jacobs
und Jan Schönherr

Kiepenheuer & Witsch

Für meine Eltern
Für alle Bretonen, die irgendwann
einmal fortgegangen sind

Geliebte Kindheit, war das schon alles?
Was gab es damals, was es heute nicht mehr gibt?
Saint-John Perse

Du wanderst dort oben, deine Tochter hier unten
Pass auf, die Flammen, Papa!
Camille

MONTPARNASSE-BIENVENÜE

Paris, 2015

Zwanzig Jahre lang hat Hélène keinen Fuß mehr in die Bretagne gesetzt, nicht einmal auf ihren Außenposten in Paris, die Gare Montparnasse. Sie kennt sämtliche Ausweichstrecken, um den Bahnhof und die angrenzenden Straßen zu meiden. Aus Angst, ein Gesicht, ein Akzent oder ein Geruch könnte sie anspringen. Zu viele Erinnerungen. Glückliche und dann weniger glückliche. Wut, die nach Asche schmeckt.

Saint-Germain, antwortet sie beiläufig, wenn sie gefragt wird, wo sie herkommt, und wechselt schnell das Thema. Als hätte es dieses Kapitel nie gegeben.

Und trotzdem.

Dort hatte alles angefangen und auch alles aufgehört. Und dorthin kehrt sie nun zum ersten Mal zurück. Montparnasse-Bienvenüe, steht auf dem Schild am Eingang der Metro. Bienvenue – herzlich willkommen? Das würde sich zeigen.

Nach den Ereignissen von damals war die Flucht die logische Konsequenz gewesen. Wenn die Katastrophe eintritt, wirkt das einst schier Unüberwindbare – das eigene Nest verlassen, Freunden und Familie Lebewohl sagen und sich auf den Weg ins Unbekannte machen – plötzlich ganz leicht, wie die Flaumfedern eines Vogels.

Aber zwei Tote, um eine echte Pariserin ohne Anhang und ohne Akzent zu werden, das war ein hoher Preis.

LE BOIS D'EN HAUT

August 1994

Zwanzig Jahre zuvor, am Tag des Heiligen Fiacrius, verabschiedete sich Hélène in der Kapelle Notre-Dame-des-Cieux auf halber Höhe des Dorfes von ihren Toten. Zwei Beerdigungen an einem Tag, das hatte es in Bois d'en Haut mit seinen siebenhundert Seelen seit dem Krieg nicht mehr gegeben.

Jesses, was für ein harter Schicksalsschlag, hatte der Bürgermeister seufzend gesagt, dann hatte er Hélènes Großmutter zugenickt und sich wieder zu den Männern in der Kneipe gesellt. Als hätte das Schicksal irgendetwas damit zu tun.

Irgendwie war es schon schade drum – zwei Beerdigungen direkt hintereinander, das bedeutete eine Gelegenheit weniger, sich ein paar Schnäpschen zu genehmigen. Der Sarg von Hélènes Vater, Eiche mit Zink-Beschlägen, stand vor dem von Marguerite, Mahagoni mit Messingbeschlägen. Die Gedanken der Witwe Tanguy, deren leichenwagenschwarzes Kleid wie eine Wurstpelle an ihr klebte, schwebten in der milden Spätsommerluft förmlich über der Gemeinde: *So ein edles Holz, selbst im Grab muss die sich noch wichtigmachen.*

Zuerst fand die Beisetzung von Hélènes Vater statt. In der Kirche, die voll war wie ein Korb Nüsse, sah Hélène ihre beiden Großmütter zum allerersten Mal wieder vereint. Alexine mütterlicherseits betete auf ihren Knien, zusammengesunken und von Schluchzern geschüttelt. Am anderen Ende der Bankreihe ihre Großmutter väterlicherseits, mit wächserner Miene und trockenen Augen, trotz der Wärme mit einem langen schwarzen Mantel über den Schultern. Sie würdigte Alexine keines Blickes, *eine Schande, sich hier vor allen so aufzuführen,* dachte sie wohl. Während der endlosen Predigt des Priesters standen Hélène und ihre kleine Schwester Françoise, jede mit einer Kerze in der Hand, steif wie zwei Leuchter neben dem Sarg und blickten ins Kirchenschiff.

Danach, in einer fast menschenleeren Kirche, folgte die Messe für Marguerite. In der ersten Reihe ihre Tochter Lilly, zehn Jahre alt und in einem fliederfarbenen Kleid, das sie extra für diesen Anlass gekauft hatten, und neben ihr Raymond, ihr Vater.

Weil sie das Stillsitzen nicht gewohnt war, ließ sie in regelmäßigen Abständen eine Murmel aus der Tasche fallen, bückte sich und angelte sie umständlich unter den Fußstützen hervor.

Hélène saß direkt dahinter, zusammen mit ihrer Mutter und einigen Schülerinnen und Schülern aus ihrer Klasse. Ihnen zuliebe hatte Raymond einer Trauerfeier im Dorf überhaupt zugestimmt. Aber gleich danach würde der Sarg eine weite Reise antreten.

Die Witwe Tanguy auf der anderen Seite des Mittelgangs versuchte gar nicht erst, ihre Freude zu verbergen: Endlich herrschte wieder Ordnung im Dorf. Um nichts in der Welt hätte sie sich dieses Ereignis und den Gesprächsstoff für Tratsch mit den Nachbarinnen entgehen lassen. »Wenn die mal eines Tages nicht hinter einem Sarg herläuft, liegt sie drin«, hatte Hélènes Mutter gemurmelt, die Nase im Messbuch.

Der Priester hatte die beiden mehr oder weniger identischen Predigten regelrecht heruntergeleiert und immer wieder Silben verschluckt, wie ein Schüler, der ein auswendig gelerntes Gedicht aufsagte, ohne wahrzunehmen, was die Wörter bedeuteten. Als er einmal ins Stocken geriet, hörte Hélène Marguerite förmlich seufzen und mit ihrer rauen Stimme sagen: *Deut-lich spre-chen, das ist nicht schwer, und achte auf Pausen, halte vor jedem Satz kurz inne und zähle, einundzwanzig, zweiundzwanzig, dreiundzwanzig.*

Im Grunde genommen hatte niemand Lust, sich Zeit zu nehmen oder Gedichte zu rezitieren. »Bloß keinen Aufruhr«, sagte Hélènes Mutter zu ihrer Tochter auf dem Weg aus der Kirche. »Kein Gerede jetzt, das ist nicht der richtige Tag heute«, zischte auch ihre Großmutter. Der Regen sorgte dafür, dass sich das kleine Trüppchen in Windeseile zerstreute, und jeder ging nach Hause und verkroch sich wieder hinter seinen Mauern aus Granit oder Hohlblocksteinen, für den Fall, dass Marguerites Geist zurückkäme und Rechenschaft forderte.

»Ich will nichts mehr mit euch zu tun haben«, hatte Raymond anstelle einer Verabschiedung gesagt und mit dem Finger auf die Alteingesessenen aus dem Dorf gezeigt, dann war er mit Lilly in einen dicken SUV gestiegen und hinter dem Leichenwagen hergefahren, der sich auf den Weg nach Paris machte. Hélène, die dieser anklagende Zeigefinger quälte, sah die beiden Wagen und mit ihnen ihre Kindheit verschwinden. Sie hatte den ganzen Tag in einer Wolke aus Trauer und Scham verbracht, und jetzt blickte sie zu Boden und wartete nur auf den Moment, in dem sie ihre Zimmertür hinter sich schließen und ihren Tränen freien Lauf lassen konnte.

ES WAR DAS PARADIES

Alles geriet aus den Fugen, als Marguerite im Gymnasium von Bois d'en Haut ankam. So ziemlich genau zu der Zeit, als Hélènes Vater seine ersten Aussetzer hatte, im Sommer des Abiturs, dem Sommer, in dem sie sechzehn war. Die Alten sagen, es sei alles schon viel früher durcheinandergekommen, während des Kriegs, aber zu dieser Erkenntnis sollte Hélène erst viel später gelangen.

Ihr Vater sagt oft, kein Dorf besitze eine Seele wie ihres, und sie glaubt ihm und ist kein bisschen neugierig auf das Leben jenseits der Monts d'Arrée. Ihre Heimat, das ist nicht die anmutige Bretagne mit Meer und Möwen, den Gezeiten und dem Stechginster, der Salz und Sonne trotzt, nicht die Bretagne der Touristen und Segeljachten. Ihre Heimat, das ist das Landesinnere, die Bretagne der Kalvarienberge und Kapellen, mit moosbewachsenen Steinen, Farnkraut und Laubteppichen unter den Bäumen. Die Bretagne, in der man nicht Urlaub macht, das *primitive Gebein der Bretagne,* sagt ihr Vater oft, ohne dass sie genau weiß, was das heißen soll, Gebein. Primitiv dagegen, das wird sie schnell lernen.

Unterhalb des Gymnasiums, tief im Wald, fließt ein Bach, dessen Gemurmel man bei Wind bis ins Klassenzimmer hört. In Hélènes Klasse spricht niemand von nachher, morgen oder später, so als hätte das Schicksal jedem bereits die Hand auf die Schulter gelegt: Die Söhne der Bauern werden sich auf den Höfen verdingen, die anderen werden das Heer aus Büroangestellten, Beamten, Handwerkern und Arbeitslosen vergrößern, die in der Gegend ihr Dasein fristen. Hélène als gute Schülerin wird die Uni in Brest besuchen und wie ihre Mutter Grundschullehrerin werden.

Eines sehr winterlichen Herbstmorgens jedoch taucht Marguerite auf. Burschikos kurzes Haar, zarte Armbänder an den Handgelenken. Eine zierliche Erscheinung in ihrem gemusterten Kleid.

»Mensch, glaubst du, das ist echte Seide?«, sagt eine Schülerin, die hinter Hélène sitzt. »Und hast du ihre Handtasche gesehen? Eine Hermès. Genau so eine hat Sophie Marceau auch!«

»Ruhe dahinten«, murmelt der Direktor und poliert seine Brille.

Er sieht seine neue Mitarbeiterin an, als wäre sie die Venus von Milo.

»Ich möchte euch Madame Renaud vorstellen, Dozentin für Literaturwissenschaften und aus Paris zu uns geschickt. Das ist eine Ehre für unsere Einrichtung und für Sie, liebe Schüler und Schülerinnen. Bitte zeigen Sie sich von Ihrer besten Seite!«

Von der ersten Unterrichtsstunde an nimmt Marguerite ihre Klasse für sich ein, erobert sie mit einer einzigen Handbewegung wie einst Cleopatra die römischen Legionen. Zu Beginn jeder Stunde dasselbe Ritual. Ganz in Ruhe schlägt sie ihre Gedichtsammlung auf, scheint wie eine Naschkatze vor bunten Bonbongläsern einen Augenblick zu zögern, für welches sie sich entscheiden soll, bis plötzlich ihre Augen aufleuchten. Die ganze Klasse hängt förmlich an ihren Lippen. Man könnte eine Stecknadel fallen hören. Selbst der Faulpelz in der letzten Reihe hört auf, Papierflieger zu basteln oder Galgenmännchen zu malen.

In jeder Schulstunde ein Gedicht, das sie anschließend kommentiert. Einmal »Morgen, von der Dämmerung an« von Victor Hugo, und die Jugendlichen erfahren, dass der große Dichter auch Vater war, rasend vor Trauer, und teilen schweigend seinen Schmerz. In der Woche darauf rezitiert sie »Der Pont Mirabeau« von Apollinaire. Mit ihren sechzehn Jahren nehmen sie hinter ihren Worten den reißenden Schmerz der unglücklichen Liebe und die traurige Schönheit der Seine wahr, die sie nur aus dem Fernsehen kennen. Die meisten von ihnen waren noch nie im Theater. Also lässt Marguerite donnerstags wie von Zauberhand einen Reisebus kommen, und auf geht's nach Brest oder Quimper. Atrides, Molière und Beaumarchais, wir kommen!

Sie ist keine spröde, schroffe und frustrierte Lehrerin. Nein, sie ist eine Traumlehrerin, Herrscherin eines Landes, dessen Regeln nur sie bestimmt. Sie ist fröhlich, sie strahlt förmlich. Wenn sie allein vor der Klasse steht, wirkt es, als wäre sie viele. Sie lässt sich siezen, aber mit Vornamen ansprechen. Sie muss weder laut werden noch künstliche Distanz schaffen und wirkt kraftstrotzend wie eine alte Eiche. Mit ihr sind die Autoren und Autorinnen keine einschüchternden Denkmäler mehr, sondern leben, lieben und leiden, sie werden Teil der Familie. Flaubert wird ein alter Onkel mit lüsternem Blick, Stendhal der karrierebesessene Cousin.

Eines Tages schneidet Hélènes Vater die letzte Seite des *Télégramme* aus, ein Porträt des Schriftstellers Raymond Berger, dem Ehemann von Marguerite – *Stell dir vor, der tritt sogar im Fernsehen auf!* Hélène pinnt den Artikel an die Wand gegenüber ihrem Bett und hat nun allabendlich das Bild dieses Mannes vor Augen, durch den sie sich mit Marguerite verbunden fühlt. Auf dem Foto schaut er in die Kamera, und in seinem Blick liegt etwas Geheimnisvolles, das sie nicht greifen kann. Er ist verführerisch. Aber nicht so wie ihr Freund Yannick mit seiner jungenhaften Schönheit, seinem sanften und vertrauensvollen Blick. Nein. Er besitzt eine männliche Schönheit. Eine schmerzhafte und unzüchtige Schönheit. Marguerite spricht zwar nie darüber, aber aufgrund ihrer Gedichtauswahl vermutet Hélène, dass die Liebe ihr Lieblingsthema ist. *Wie alt ist sie?,* fragt ihr Vater. Was für eine seltsame Frage. Sie ist so alt wie alle Troubadoure, alle Poetinnen, sie ist tausend und zugleich zehn Jahre alt.

In diesem magischen Jahr entdeckt Hélène ein neues Land, bevölkert von Schriftstellern und Worten. Jedes Buch ist eine Schatzkiste. Sie will diese Welt bewohnen, die schon immer da war, zum Greifen nah, nur dass sie sie bisher nicht gesehen hat.

Eines Abends bittet Marguerite sie, nach dem Unterricht noch zu bleiben. Sie möchte mit ihr über den Concours General sprechen, einen Wettbewerb, der den Besten der Besten vorbehalten ist. Sie würde sich wünschen, dass Hélène sich darauf vorbereitet. Sie gibt ihr Zusatzaufgaben, trainiert sie wie eine Weltmeisterin: Erörterungen, Textkommentare, Resümees, Romane, Gedichte, Theater und Philosophie. Hélène versteckt die Bücher unter ihrem Kopfkissen, wartet, bis ihre kleine Schwester Françoise eingeschlafen ist, um mit der Taschenlampe zu lesen, bis der Schlaf sie übermannt. Im Bibliobus, der mobilen Bibliothek, die jeden Mittwoch im Dorf hält, fühlt sie sich wie ein Seemann auf seinem Schiff und will keinen Fuß mehr an Land setzen.

Jeden Freitag bringt Marguerite ihr einen Gedichtband mit, den sie übers Wochenende lesen soll. Da ist alles dabei, die Romantiker, die Symbolisten, die Surrealisten, das Hochmittelalter, ja sogar erotische Lyrik-Sammlungen. Marguerite hört ihr zu und ermutigt sie, erdrückt sie nicht mit ihrem Wissen. Dass eine Lehrerin einer Schülerin so viel Zeit widmet, kommt Hélène ganz normal vor, Lehrerin, das ist in diesem Fall eine Berufung, kein schnöder Brotjob wie für den Sportlehrer, der sich hinstellt und Gitanes raucht, während er die Klasse um den See herumlaufen lässt.

Nach dem Unterricht sieht Hélène ihr durchs Fenster nach, wie sie zierlich und auf hohen Absätzen den quadratischen Hof des Gymnasiums durchquert und hin und wieder über Löcher und Pfützen springt. Obwohl es mit dem Concours General nicht geklappt hat, erklärt Marguerite ihr weiterhin den Dünkel bei Corneille und die Schwermut bei Baudelaire.

Nachdem sie eines Abends eine Stunde lang einen Text von Mallarmé zerpflückt haben, sagt sie zu ihr:

»Du bist nicht wie die anderen, du kannst eigenständig denken und wirst deinen Weg gehen. Du solltest fürs Abitur an eins der großen Pariser Gymnasien wechseln. Es wäre schade, wenn du hier bleiben und dein Talent vergeuden würdest. Ich helfe dir auch mit den Anmeldeformularen, wenn du willst.«

Hélène steckt die Nase in ihr Schulheft. Was für eine verrückte Idee. Sie war noch nie außerhalb der Bretagne. Nach Paris gehen, das wäre so ungefähr, als würde sie auf den Mond geschossen, das würde sie nicht überleben.

Das enge Verhältnis zu ihrer Lehrerin isoliert sie zunehmend vom Rest der Klasse. Die anderen langweilen sie mit ihren armseligen Ablenkungen: Punkrock, selbst gedrehte Zigaretten und Bier. Ihre simple Syntax, ihre nachgeplapperten Meinungen und die endlosen Klischees schmerzen Hélène wie aufgeschlagene Knie, seit sie in der Welt der Worte lebt. Als sie es einmal wagte, ihrem Freund Yannick zu sagen, seinen Sätzen mangele es an Musikalität, handelte sie sich damit einen halb ratlosen, halb resignierten Blick ein. Was bin ich doch manchmal für ein hochmütiges Dummerchen, sagt sie sich.

Yannick lässt sich Yannig rufen, seit er bei einem Pfadfinderlager entdeckt hat, dass er einem versklavten und unterdrückten Volk angehört: den Bretonen. Er stammt aus Saint-Malo, wo seit dem Mittelalter kein Keltisch mehr gesprochen wird, und kann deshalb nicht auf seine Eltern zählen, um die Sprache seiner Vorfahren zu erlernen. Als er sich an Hélènes Mutter wandte, die im Dorf geboren wurde, antwortete die nur seufzend:

»Was hast du davon, Bretonisch zu lernen? Das sprechen ja nicht mal mehr die Alten. Vergeude nicht deine Zeit und lern lieber Englisch.«

Bretonisch-Kurse waren gerade sehr angesagt in der Gegend und zogen Jahr für Jahr mehr Interessierte an, die auf der Suche nach ihren Wurzeln und nach bretonischer Urwüchsigkeit waren. Hélènes Mutter wollte es ihren Kindern nie beibringen. Die Bretagne, in der man Bretonisch spricht, das erinnert sie an Winter ohne Heizung, Frostbeulen an den Zehen, strohgefüllte Holzschuhe und Plumpsklos auf dem Hof.

»Und außerdem hat es das Bretonisch, das man da lernt, so nie gegeben. Da haben sie einfach nur Walisisch mit ein paar anderen Dialekten vermischt und eine Art lokales Esperanto erschaffen.«

Keineswegs entmutigt, meldete sich Yannick beim Abendkurs in der Ecole Diwan an und saß nun in jeder Pause mit seinem Wörterbuch da, um hartnäckig diese Sprache zu entziffern, die so ganz anders war als die lateinischen.

»Wir holen uns unsere Identität zurück, Leute, nicht mehr und nicht weniger«, erklärt er seinen Kumpels nach dem Kurs.

An einem Wochenende begleitet Hélène ihn auf eine Besuchstour bei alten Leuten, um richtig ins Bretonische einzutauchen. Die Tour war schnell zu Ende:

»Ma! Unser Bretonisch ist das vom Bauernhof, dein Bücher-Bretonisch, das verstehen wir Alten doch gar nicht.«

Hélène hätte sich vor Lachen ausgeschüttet, hätte sie nicht die Enttäuschung in seinem Blick gesehen. Oder vielmehr die Verbitterung.

»Die verleugnen ihre Vergangenheit und ihre Heimat, so haben sie von Geburt an verinnerlicht, dass man Französisch sprechen muss, um zurechtzukommen. So, als hätten sie sich selbst einen Körperteil amputiert.«

Auf dem Schulweg hört sie sich höflich immer die gleiche Leier an. *Man hat uns unsere Identität gestohlen, wir leben auf besetztem Gebiet. Die Geschichte Frankreichs ist nicht unsere.* Erstaunt über dieses Interesse, das ihn so plötzlich gepackt hatte und nicht mehr losließ, sprach Hélène mit ihrem Vater, der sie beruhigte:

»Er sucht seinen Weg, ganz normal in seinem Alter, das legt sich wieder.«

Während der mündlichen Abiturprüfung spult sie ihr Referat ab, das sie tadellos vorbereitet hat und in- und auswendig kennt. Als die Prüferin aufsteht, um den Raum zu verlassen, lächelt sie ihr zufrieden zu und zieht die Augenbrauen hoch.

Im Hinausgehen wird ihr schlagartig klar, dass das Schuljahresende den Verlust ihrer Französischlehrerin bedeutet. Hélène hätte nicht gedacht, dass ihr dieses vom Himmel gefallene Geschenk so schnell wieder genommen würde. Bei dem Gedanken, dass Marguerites Augen auf anderen Schülerinnen und Schülern ruhen werden, spürt sie Eifersucht in sich aufwallen.

Auf dem Rückweg von der Schule nimmt sie meistens einen Umweg durch den Wald. Im Dorf dreht sich alles um den Wald. Er ist der Rodung entkommen, weil er durch die vielen Felsbrocken nicht nutzbar ist. Im ganzen Waldgebiet liegen größere und kleinere Granitblöcke verstreut. Überall riecht es nach Farnen, Harz und Pilzen, überall hört man das Rauschen des Silberbachs, der wie ein Gebirgsbach von Felsen zu Felsen stürzt. Der Wald ist das Reich ihrer Großmutter Alexine, der Kräuterfrau, die kleinere und größere Wehwehchen der Dorfbewohner mit ihren Suden aus Pflanzen, Wurzeln oder wundersamen Rinden heilte. Sie hat Hélène in die Geheimnisse des Waldes eingeweiht, ihr seine Kräfte und seine verborgenen Schlupfwinkel gezeigt.

An diesem Tag jedoch, enttäuscht bei dem Gedanken, einfach wieder ihr altes Leben weiterleben zu müssen, geht Hélène direkt nach Hause und lümmelt sich aufs Sofa, erschöpft und orientierungslos wie ein gestrandeter Seeotter im Kies. Im Fernsehen plaudern bildhübsche Teenagerinnen im Badeanzug unter der kalifornischen Sonne, mit glattem Haar und samtiger Haut, mit straffen Brüsten und endlos langen Beinen. Die Jungen umkreisen sie und Mädchen ebenfalls, in der Hoffnung, dass ein bisschen was von ihrer Schönheit auf sie abfärbt. Elegant stolzieren sie umher, und nach dem Sportunterricht sind sie weder rot noch verschwitzt. Hélène sieht zu, wie sie sich zanken, sich in ihren Luxusvillen anschreien und wieder versöhnen. Ihr Leben wirkt so leicht, so fern von Langeweile und Enttäuschungen. Zum ersten Mal würde sie am liebsten den Wolkenvorhang zerreißen, um zu sehen, was hinter den Monts d'Arrée liegt.

DIE INSEL IM LANDESINNEREN

Acht Monate zuvor war Marguerite in diesem verlorenen Nest angekommen, regen- und windgepeitscht und eingeklemmt zwischen einem Wald und einem Wildwasserbach, der fauchte wie ein gefährliches Raubtier. Am Tag ihrer Ankunft stellte sie der Schuldirektor vor wie eine von ihrem Olymp herabgestiegene Göttin, und sofort war sie dem ganzen Kollegium verhasst. Sie verkörperte die snobistische, selbstgefällige Pariserin, eine Anomalie in dieser Gegend hier.

Dabei war sie gewarnt worden. »Die Bretagne abseits der Küsten, das ist so eine Art Insel«, hatte ein bretonischer Freund gesagt, »eine in sich abgeschlossene Welt, du wirst sehen, da kommt man nicht so einfach rein und hinterher kaum noch raus.«

Was für eine blödsinnige Idee, eine Vertretungsstelle in diesem verschlafenen Lycée anzunehmen, hatte Marguerite beim Anblick des grauenhaften Siebzigerjahre-Baus gleich am ersten Tag in Bois d'en Haut gedacht. Dieses Dorf, das bei jeder Erfassung weniger Einwohner zählte, mit seiner Kirche inmitten des Friedhofs und seinen Bewohnern, die sich in ihren länglichen Häusern mit grauen Ziegeldächern und winzigen Fenstern verkrochen, wirkte wie vor Ewigkeiten dort hingepflanzt und von aller Welt vergessen, weit weg vom *bretonischen Wunder* und dem *dynamischen Küstenleben,* das die Reiseführer anpreisen.

Was hat sie hierher getrieben?

Ist sie nur ihrem Mann gefolgt, dem berühmten Schriftsteller, der aufgebrochen ist, um seine Lust am Schreiben wiederzufinden?

Wenigstens ist er nicht *ihr* gefolgt, auf die Spuren einer Vergangenheit, die irgendwo unter dem Granit verborgen liegt.

Sie unterrichtete Literatur an der Sorbonne, er war gefeierter Krimiautor. Sie waren Eltern – was für ein schrecklicher Ausdruck –, und den Takt ihres Lebens bestimmten Lillys jährlicher Schuljahresbeginn und das Erscheinen von Raymonds neuem Roman. Normalerweise kamen im Spätsommer die Lektoratsanmerkungen zu seinem Manuskript, aber in diesem Jahr hatte er nichts zustande gebracht, und so lag er die meiste Zeit im Wohnzimmer auf dem Sofa, blätterte in Automagazinen und wurde immer depressiver. Abend für Abend erkannte Marguerite an seiner düsteren Miene, dass er wieder keine einzige Zeile geschrieben hatte. Also brachte sie ihm Prospekte von horrend teuren Schriftstellerresidenzen, die mit Slogans wie *Entfesseln Sie Ihre Kreativität!* oder *Versöhnen Sie sich mit dem verborgenen Engel in Ihnen* warben und regelmäßig im Papierkorb landeten.

»Warum ziehen wir nicht einfach in die Bretagne?«, hatte sie eines Abends gesagt, leicht überrascht von ihrem eigenen Wagemut.

Raymond hatte die Augenbrauen hochgezogen.

»In die Bretagne? Warum nicht gleich nach Island? Du hast vielleicht Ideen.«

»Du gehst doch ein hier, du brauchst Luft, Natur.«

Raymond sah von seiner Zeitung hoch.

»Aber du kannst doch Natur nicht ausstehen! Seit zehn Jahren flehe ich dich an, dir Wanderschuhe und eine Regenjacke zu kaufen und deine Kaschmirmäntel im Schrank zu lassen. Und Tiere magst du eigentlich nur in Form von Handtaschen und Pelzstiefeletten. Und deine Frisur, hast du mal daran gedacht? Meinst du, die hält dem bretonischen Wetter stand?«

War Marguerite wirklich das eitle und oberflächliche Wesen, das ihr Mann da beschrieb? Zugegeben, sie hatte immer in den schickeren Vierteln von Paris gewohnt. Und es stimmte, dass sie unruhig wurde, wenn sie zwei Tage lang nicht zu ihrer Buchhändlerin in Saint-Germain-des-Prés oder zu ihrem Friseur konnte, der sie in seiner Wohnung mit currygelben Wänden empfing, oder zu ihren Freundinnen aus der Gymnastikgruppe. Doch sie hatte auch eine bahnbrechende Dissertation über die Verwundbarkeit des Lebenden bei Rilke geschrieben, begleitete die Arbeiten zahlreicher Studierenden und hatte in diesem Jahr ein erfolgreiches Kolloquium zum Thema Vertikalität im Werk von Poe geleitet. Getroffen, aber nicht versenkt, ging sie zum Gegenangriff über.

»Du weißt, dass Lilly Asthma hat und mir der Kinderarzt schon lange in den Ohren liegt, weil ihr die schmutzige Luft hier nicht bekommt.«

Es war ein Schlag unter die Gürtellinie gewesen, und er hatte seine Wirkung nicht verfehlt. Lilly war kein ruhiges Stadtkind. Sie war ständig in Bewegung, hangelte sich an Treppengeländern entlang, balancierte auf Mäuerchen, kletterte Laternenmasten hoch und wollte selbst an Regentagen unbedingt in den Park gehen. Und sie hatte oft ein Pfeifen auf der Lunge. Raymond konnte kaum widersprechen: Ihre Tochter ging in Paris zugrunde.

Eines Abends nach dem Unterricht hatten sie Sack und Pack in den Kofferraum des Jeep Cherokee gestopft, die Hälfte von Marguerites Sachen in ihrem begehbaren Kleiderschrank und in ihrer Wohnung einen entzückten Untermieter zurückgelassen und waren losgefahren in Richtung Westen. Für den Preis, den man in Paris für eine Einzimmerwohnung zahlte, hatten sie ein imposantes Herrenhaus gemietet, das mit seinen dicken Mauern und den kleinen Fenstern einer Festung glich und dessen Zimmer gefühlt nie warm wurden. Sie vermiete das Haus nicht wegen des Geldes, sondern damit es nicht verfiel, erzählte ihnen die Besitzerin stolz.

»Wissen Sie, hier geht ja alles kaputt, wenn nicht geheizt wird.«

Und als würde es das bröselige Gemäuer im Wert steigern, hatte sie noch hinzugefügt, in diesem Haus sei ihre Mutter und zuvor auch schon ihre Großmutter gestorben. Marguerite hatte als Erstes die Fenster aufgerissen, weil es nach Mottenkugeln und Bohnerwachs stank, und dann das Kruzifix, die Heiligenporträts und die anderen

Gemälde der Familie von den Wänden genommen und in den Schuppen verbannt. Mit dem sterbenden Jesus zusammen zu Abend zu essen, das kam gar nicht infrage, geschweige denn mit zwei irren Alten mit miesepetrigem Gesicht. Als das erledigt war, im Kamin ein schönes Feuer brannte, auf dem kalten Fliesenboden ein paar Teppiche lagen und der Ölofen auf voller Stufe schnurrte, zeigte sich das Haus von seiner angenehmeren und regelrecht gemütlichen Seite.

So überschwänglich wie Marguerite aufgebrochen war, so schnell hatte ihre Begeisterung einen Dämpfer bekommen. Sie fühlte sich eingeengt hier in diesem Finistère – *là où finit la terre,* wo die Erde endet –, so als würde sie hier auf diesem undankbaren Flecken Erde festsitzen. Alles hier verursachte ihr Beklemmungen, die üppigen Hortensienbüsche am Eingang jedes Dorfes und das feuchte grüne Moos, das sämtliche Böden, Mauern und Bäume und selbst die Verkehrsschilder überzog. Nichts wurde hier je warm und trocken, schien es, weder der Boden noch die Luft und nicht einmal die Bettlaken, die immer eiskalt und klamm waren, wenn sie am Abend darunterkrochen.

Seit ihrer Ankunft sah Marguerite jeden Abend im Fernsehen, wie die adrette Wettermoderatorin in ihrem Etuikleid überall strahlende Herbstsonne ankündigte – überall, außer an der Spitze der Bretagne, die mit einer grauen Wolke tätowiert zu sein schien, oft mit gestricheltem Regen darunter. Und kein Wort des Mitgefühls für die Franzosen, die zu Wachsjacken und Regenstiefeln verdammt waren, während alle anderen auf der Terrasse plauderten. Marguerite fragte sich, wie die Leute aus der Gegend diese tägliche Demütigung wohl aufnahmen: neidisch, gleichgültig oder voller Stolz darauf, anders zu sein? Besaßen sie irgendein Gen, um diesem Klima zu trotzen, eine dickere Haut oder einen Panzer? Sie hatte gelesen, dass dieser Landstrich sämtliche Rekorde hielt: Alkoholismus, Selbstmorde, paranoide Wahnvorstellungen. Noch mehr als der Regen schlugen ihr die Einwohner mit ihren kalten Händen aufs Gemüt, schwermütige und gleichgültige Schweiger, die hinter ihren geschlossenen Fensterläden lauerten und einen andauernd zu beobachten schienen.

Am Tag nach ihrer Ankunft, einem vernieselten Samstagvormittag, war sie in den kleinen Supermarkt gegenüber vom See gegangen, der von einer alten Dame mit Dutt geführt wurde, der Witwe Tanguy. Der beige geflieste Laden und seine Inhaberin, deren spöttische Stille gallig grün zu leuchten schien, waren ihr sofort zuwider gewesen. Sie hatte sie trotzdem mit ihrem schönsten Lächeln begrüßt und ihren Einkaufskorb mit den teuersten Sachen vollgeladen in der Hoffnung, sich bei ihr beliebt zu machen. Marguerite achtete seit ihrer Jugend streng auf ihre Ernährung und mied Fleisch, Zucker und Fett, was im Land von Schweinefleisch und gesalzener Butter gar nicht so einfach war. Voll Abscheu sah die Alte zu, wie sie ihr Körbchen mit Karotten, Zucchini und Olivenöl füllte, und antwortete mit geradezu sadistischer Freude, nein, sie verkaufe keinen Joghurt mit null Prozent Fett, keinen Rucola und erst recht keine Sojamilch, *so etwas gibt es hier nicht.*

Fünf Minuten später begann draußen ein lang gezogenes Hupen. Ihr Wagen stehe auf einem Behindertenparkplatz, pflaumte die Witwe Tanguy Marguerite an, sie müsse sofort umparken! Förmlich frohlockend stand die Alte vor ihr, die Fäuste in die Hüften gestemmt. Marguerite entgegnete, sie habe gar kein Schild gesehen, und außerdem seien ansonsten alle Parkplätze frei, der andere Wagen habe freie Auswahl. Jetzt wurde die Ladentür aufgestoßen, und während der Fahrer weiter hupte, baute sich die Beifahrerin vor Marguerite auf und keifte:

»Sie haben auf diesem Parkplatz nichts zu suchen, fahren Sie sofort da weg!«

Dann schwenkte sie ihren Behindertenausweis, als hätte sie eine Olympiamedaille gewonnen. Marguerite musterte die Frau, deren halb von der Kapuze verdecktes Gesicht von Regen überströmt war. Die sollte behindert sein? Sie sah genauso wenig danach aus wie ihr Mann, der sich jetzt wütend hinter dem Steuer hervorzwängte. Eine Handvoll Nachbarn hatten sich trotz des Regens von Hupen und Gezeter aus ihren Häusern locken lassen.

Angesichts dieser feindlichen Meute hätte wohl jeder seine Einkäufe stehen lassen und das Weite gesucht. Nicht so Marguerite.

»Wenn Sie erlauben, würde ich zuerst gern meinen Einkauf beenden«, hatte sie der Verkäuferin mit einem breiten Lächeln geantwortet und ihren skandallüsternen Blick ignoriert.

Dann wandte sie sich an die Behinderte, die förmlich bebte vor Wut: »Dass Jesus die Lahmen geheilt hat, wusste ich ja, aber dass er hier sogar noch Behindertenausweise vom Himmel fallen lässt ... Gepriesen sei der Herr.«

Sie nahm noch eine Flasche Muscadet und einen Becher Quark, knallte ihre goldene Kreditkarte auf die Ladentheke und sagte mit einem Lächeln, das ihre perfekten Zähne zum Vorschein brachte, *Danke, sehr freundlich* zu der Verkäuferin, bevor sie ohne Eile in ihren riesigen SUV stieg.

Die Witwe Tanguy blieb zitternd und mit hochrotem Gesicht zurück. Marguerites Geruch, ein würziges Herrenparfüm, hing noch im Laden. Noch nie hatte jemand im Dorf es gewagt, ihr derart die Stirn zu bieten. Für wen hielt die sich eigentlich, diese Fremde mit ihren künstlichen Nägeln und den Stöckelschuhen, die meinte, sie muss hier einen großen Auftritt hinlegen?

»Na warte«, hatte die Alte geknurrt, »ich hab schon ganz andere als dich kleingekriegt.«

Als Marguerite Raymond am Abend von dem Vorfall erzählte, seufzte er und entkorkte eine Flasche Grand Cru Bordelais.

»Mir wäre trotzdem lieber, du würdest dich ein bisschen zügeln, sonst hassen sie uns gleich alle, dabei würde ich mich schon gern mit dem einen oder anderen anfreunden.« Marguerite hatte gelächelt, sich aufs Sofa fallen lassen und genüsslich ausgestreckt: »Du kennst doch dieses Gedicht von René Char: ›An deinen

Anblick werden sie sich gewöhnen.‹ Na also, was willst du. Die gewöhnen sich schon noch an uns.«

»Auf die schwierige Integration der Einwanderer aus Paris!«, hatte Raymond gesagt und sein Glas erhoben, und sie hatten vergnügt miteinander angestoßen.

DAS ENDE DER UNSCHULD

Le Bois d'en Haut, Juni 1940

Vierundfünfzig Jahre zuvor kam Odette Bozec enttäuscht von der Schule nach Hause. Die Einrichtung würde bis auf Weiteres geschlossen bleiben, hieß es. Es würde also dieses Jahr keine Junikirmes auf dem Hof der Mädchenschule geben, keine fiebrigen Blicke und keine heimlichen Zeichen mit den Jungen aus der Schule gegenüber.

Odette wohnte mit ihren Eltern in der Rue de Pouly. Ihr Vater, der Dorfarzt, behandelte sämtliche Kranken in der Umgebung und trug wegen seiner Touren durch die entlegensten Weiler der Gegend, wo man schon mal sein Honorar vergaß, den Spitznamen »Armenarzt«. Im Schuppen hinterm Haus, den sie zu einem Kinderkrankenzimmer umgestaltet hatten, wurden die kleinen Patientinnen und Patienten der Region gesund gepflegt.

Jeden Donnerstagabend sah Odette ihren Vater vom Fenster aus zur Gemeindeversammlung gehen, redlich und korrekt mit Anzug und Krawatte. Spät in der Nacht hörte sie sein Lachen, das wie ein Ball von den Häusern rings um den Marktplatz widerhallte.

Wenn die Mädchen aus den umliegenden Weilern in

der Schule ankamen, waren ihre Finger geschwollen und voller Frostbeulen. Bei jedem Wetter kamen sie zu Fuß von ihren Höfen, hatten manchmal einen einstündigen Marsch hinter sich, und weil sie mit diesen Krötenfingern kaum den Füllfederhalter führen konnten, bekamen sie nach jedem Diktat den Rohrstock der Lehrerin zu spüren. Einmal heftete die Lehrerin einem Mädchen sein Schreibheft auf den Rücken und erlöste es auch während der Pause nicht, und das Mädchen durfte nicht zu seinen Schulkameradinnen und war dem Gekicher der Großen und den mitleidigen Blicken der Kleinen ausgesetzt.

Odette musste quasi nur zur Haustür hinausgehen, um zur Schule zu gelangen, und so bewegte sie sich wie ein Pendel zwischen Zuhause und dem Klassenzimmer, ihrem Universum. Sie war fleißig, arbeitete umgeben von gestrengen Lehrerinnen inmitten der hohen Schulmauern, abgeschnitten vom Rest der Welt und ohne jeden Kontakt zu Jungen. Wenn ihre Klasse zu einem Spaziergang in den Wald aufbrach, rief die Direktorin der Schule den Direktor der Jungenschule an: Auf keinen Fall durften die Schülerinnen und Schüler aufeinandertreffen. Zu einer Begegnung der beiden Geschlechter kam es nur bei der traditionellen Schulkirmes im Juni. Das ganze Jahr fieberten Odette und ihre Freundinnen diesem Ereignis entgegen und träumten dabei von ihrem Märchenprinzen. Zum Glück gab es den Sohn der Küchenfrau, der ihnen heimlich die flammenden Liebesbriefe der Jungen weiterleitete.

Sonntags in der Kirche zählte Odette gegen die Langeweile die Leute in den Bankreihen. Alle im Dorf gingen wie selbstverständlich in die Kirche, sogar die Nichtgläubigen, *man kann ja nie wissen.* Die Männer warteten dort, bis es so weit war, einen Aperitif zu nehmen, die Frauen, bis sie Kaffee trinken konnten, und niemand verpasste die Predigt des Pfarrers, Höhepunkt einer arbeitsreichen Woche und Gelegenheit für die Familien, einander zu taxieren und zu zeigen, was man hat: *Schaut nur, wie brav und hübsch meine Töchter sind, seht her, wie ich mich herausgeputzt habe.* Nur die Kommunisten, deren Ortsgruppe Odettes Vater leitete, warteten draußen auf den Stufen der Kirche und plauderten. Odette sah zu, wie die Erwachsenen den Mund öffneten, um den Leib Christi zu empfangen, und dabei schwarze Zähne entblößten, die ihr Brechreiz verursachten.

Das Angelusleuten am Ende des Gottesdienstes war für die Männer das Startsignal, sich bei *Chez Yvonne* zu versammeln, der Kneipe gegenüber auf dem Platz. Odette hatte noch nie einen Fuß hineingesetzt, das war kein Ort für ein junges Mädchen. Die Männer sprachen wenig und begnügten sich damit, schweigend nebeneinander zu stehen, den Blick auf das Glas Rotwein vor sich gerichtet. Währenddessen schmückten die Frauen auf dem kleinen Friedhof rund um die Kirche die Alten mit frischen Blumen und trafen sich danach bei Odettes Mutter zum Kaffee. Niemand beachtete das Mädchen in seinem Versteck unter der bestickten Tischdecke, wo es sich kein einziges Wort entgehen ließ. Sobald die Mütter sie bemerkten, sprachen sie auf Bretonisch weiter, damit der »kleine Dachs«, wie sie sie nannten, nicht mehr mithören konnte.

Lange drehten sich die Gespräche vor allem um das Leben im Dorf. Man redete über das schlechte Wetter, die Hochzeit der Tochter der Leflochs mit einem Fremden aus dem benachbarten Léon und die Beerdigung des alten Marcel, auf den Tag genau an seinem hundertsten Geburtstag.

Doch eines Tages begann der Krieg. Es gab keine festlichen Zusammenkünfte mehr nach dem Gottesdienst, kein bretonisches Schweigen in der Kneipe, weil keine Männer mehr am Tresen standen, und keine endlosen Gespräche mehr unter Nachbarinnen. Der Marktflecken versank in Melancholie und Tristesse. Dann wurde der Krieg verloren.

Am 19. Juni 1940 tauchten im Dorf die ersten deutschen Motorräder auf, gefolgt von Lkw's und an der Fassade des Rathauses wehte die Naziflagge. Die Armee beschlagnahmte die Mädchenschule und richtete dort erst einen Infanteriestützpunkt und dann ein Gefängnis ein. Auf einmal waren Gitter vor den Fenstern. Immer häufiger gab es Ausweiskontrollen, und wehe dem, der sich nicht an die strenge Ausgangssperre hielt. Einfach durch den Wald streifen oder hinter den Felsen Blindekuh spielen, damit war es jetzt vorbei. Ohne Vorwarnung schrumpfte Odettes Welt auf die vier Wände ihres Elternhauses zusammen.

Sie bemerkte sehr wohl, dass sich ihre Eltern verändert hatten: Ihr Vater hatte abgenommen und ihre Mutter ihr

Lächeln verloren. Sie flüsterten nur noch und gingen früher zu Bett als vorher. Ihr Vater verließ im Morgengrauen das Haus und kam erst zurück, wenn schon die Sonne unterging. Wenn sie ihre Mutter nach Erklärungen fragte, sagte diese nur seufzend: *Das ist der Krieg, Schatz.*

Als Odette eines Abends nach dem Essen mit ihrer Puppe auf der Treppe saß, hörte sie ihren Vater mit erschöpfter Stimme erzählen, er sei wie alle Kommunisten aus dem Stadtrat ausgeschlossen worden. Man hatte ihm seine Benzinscheine entzogen, also de facto seinen Wagen. Egal, dann würde er seine Patienten jetzt eben mit dem Fahrrad besuchen, das sei ohnehin gesünder. Sie müssten sich bloß noch mehr in Acht nehmen.

Am Abend war er erschöpft von seinen Besuchsrunden mit dem Fahrrad, doch er beklagte sich nie, gab niemandem die Schuld und kümmerte sich weiter um die Familien in der Umgebung, als wäre nichts gewesen. Morgens ging er mit allerhand schwerem Gepäck auf dem Rücken aus dem Haus, und abends ließ er sich kaum noch blicken. Getrieben von Neugier, schlich sich Odette eines Tages in sein Arbeitszimmer. Unter dem Eichentisch entdeckte sie einen Stoß maschinenbeschriebener Blätter mit einem kurzen Text darauf, unterzeichnet mit Maurice Thorez und Jacques Duclos:

Frankreich, noch immer blutüberströmt, will frei und unabhängig sein. Ein Volk wie unseres wird niemals ein Volk von Unterjochten sein. Frankreich mit seiner ruhm-

reichen Vergangenheit wird niemals vor einer Truppe von Handlangern niederknien, die zu jeder Schandtat bereit sind. Alle Hoffnung zur nationalen und sozialen Befreiung ruht auf dem Volk. Und es ist die glühende und großzügige Arbeiterklasse, von der aus die Front der Freiheit, der Unabhängigkeit und der Wiedergeburt Frankreichs wachsen kann.

Eines Morgens im Juli 1941 pflückte sie hinterm Haus Himbeeren und steckte sie sich dutzendweise in den Mund, statt ihre Ernte für Konfitüre zu sammeln. Es war ein heißer Tag, drückend heiß. Die Nachbarskatze döste im Schatten der Rhabarberblätter, und auf den moosbewachsenen Steinen sonnten sich grüne Eidechsen. Es klingelte an der Tür. Der Postbote war schon da gewesen, und ansonsten erwarteten sie keinen Besuch. Vom Garten aus hörte sie Lärm, aufgeregte Stimmen und die Schreie ihrer Mutter. Oberhalb des Mäuerchens, das den Garten begrenzte, war jetzt die Silhouette ihres Vaters zu sehen, und links und rechts von ihm die zweier Männer in langen schwarzen Ledermänteln. »Papa!« Ihr Schrei zerriss den Himmel. Daraufhin drehte sich ihr Vater um und lächelte sie an. Die beiden schwarz gekleideten Männer schoben ihn in einen Citroën Traction.

Sie begriff nicht sofort, dass sie ihn nie mehr wiedersehen würde. Erst der Blick des Briefträgers ein paar Tage später verriet es ihr. Im Dezember erschossen die Deutschen den Armenarzt im Internierungslager Châteaubriant, zusammen mit acht anderen Häftlingen.

In den darauffolgenden Monaten drang immer wieder Gefechtslärm aus dem nahe gelegenen Wald. Im Dorf waren einzelne Schüsse zu hören, dicht gefolgt vom Knattern der Maschinengewehre. Odette ging nicht mehr aus dem Haus und kümmerte sich um ihre Mutter, mit deren Gesundheit es seit dem Tod ihres Vaters immer weiter bergab ging. Es fehlte ihnen an allem, an Brot, an Kohle und an Fleisch, und sie ernährten sich von Kohlrüben und Zuckerwasser anstelle von Milch. Wenn ihre Mutter Mittagsschlaf hielt, setzte sich Odette ins Arbeitszimmer ihres Vaters und vertiefte sich in die Abenteuerromane aus seinem Bücherregal, in Welten fernab von Trauer und Wut.

Dem Briefträger zufolge fanden die Widerstandskämpfer im Wald den Tod durch die Kugeln der Deutschen und wurden an Ort und Stelle begraben. Manchmal entdeckten die Holzfäller einen aus dem Humus ragenden Fuß oder eine Hand, hochgewühlt von Wildschweinen. Ein Priester aus der Pfarrei wurde in einem Hohlweg erschossen. Odette hütete sich, derartige Neuigkeiten ihrer Mutter weiterzutragen, die ihr Bett nicht mehr verließ. Später erfuhr sie, dass manche Leichen nie gefunden wurden.

Am 5. August 1944, wenige Tage nach der Befreiung, schoss ein deutscher Soldat auf dem Rückzug kaltblütig ihre Grundschullehrerin auf dem Dorfplatz nieder. Jene Lehrerin, die ihr Lesen und Schreiben beigebracht hatte, ermordet vor den Augen ihres achtjährigen Sohnes. Niedergemetzelt zusammen mit sechs anderen Dorfbewohnern, darunter auch der Bürgermeister. Odette hatte ihre Lehrerin sehr bewundert, und plötzlich war sie nicht mehr da.

Einige Monate später starb Odettes Mutter an Tuberkulose und ließ ihre sechzehnjährige Tochter mutterseelenallein auf der Welt zurück. Vor ihrem Tod hatte sie noch arrangiert, dass ihre Tochter nach Paris zu ihrer Tante ging, die dort als Hausmädchen arbeitete.

DAS FIEBER

Le Bois d'en Haut, Juni 1994

Der letzte Tag vor den Ferien. Marguerite leert ihr Fach, erleichtert, dass das Schuljahr endlich vorbei ist. Eigentlich ist der Juni ihr Lieblingsmonat. Sie mag die Verheißungen des Sommers, die Hoffnung, dass die Sonne wie eine magische Kreide sämtliche Schmerzen und sämtliche Müdigkeit wegwischt und die Lebensfreude die Oberhand gewinnt. Doch dieses Jahr verdirbt ihr eine Auseinandersetzung mit einem ihrer Schüler die vorfreudige Stimmung.

Das Feuer hatte an einem Freitag zu schwelen begonnen, dem letzten Tag vor den Winterferien. Yannick – ein hübscher Bursche mit langen Wimpern, der sich immer Yannig nennen ließ – war nach dem Unterricht zu ihr gekommen und hatte sie gefragt, warum sie ihnen immer nur französische Gedichte und Romane vorsetze. Verdutzt über diese Frage, antwortete sie, sie halte sich an den Lehrplan.

»Den Lehrplan, der in Paris festgelegt wird, von Beamten des französischen Staates«, hatte der junge Mann erwidert. »Warum nehmen Sie nicht auch ein paar bretonische Autoren mit in Ihren Unterricht auf?«

Marguerite war es zwar nicht gewohnt, dass man ihre Textauswahl kritisierte, beschloss aber, sich großmütig zu zeigen. Einen Schüler mit Überzeugung, das gab es nicht allzu oft. Und außerdem erkannte sie hinter seiner kämpferischen Miene ein wahres Engelsgesicht, mit großen Augen und hohen Wangenknochen unter einer Flut von braunen Locken. Er wirkte oft wie in Träumen versunken, und sie spürte, dass diese Träume sie betrafen. Sie sah ihn lange an und sagte schließlich lächelnd:

»Dann bring mir doch mal einen Roman von deinem bretonischen Lieblingsautor mit, und wenn er etwas taugt, finde ich dafür Platz im Lehrplan des bösen französischen Staates, dem du mautfreie Autobahnen und Strom ohne Atomkraft zu verdanken hast.«

Nach den Ferien war der junge Mann tatsächlich mit einem Roman zu ihr gekommen, *La Marie-Morgane* von einem gewissen Roparz Hemon, dessen Texte als Grundlage seines Bretonisch-Kurses dienten.

Marguerite hatte das Buch mitgenommen und abscheulich gefunden, klischeebeladen und pathetisch ohne Ende. Sie recherchierte ein wenig und fand heraus, dass dieser Autor in den 1930er-Jahren das erste Wörterbuch des vereinheitlichten – um nicht zu sagen verfälschten – Bretonisch verfasst hatte, bevor er während des Kriegs zum Kollaborateur wurde, nach der Befreiung zu einer zehnjährigen Strafe wegen nationaler Unwürdigkeit verurteilt wurde und nach Irland ins Exil ging. Sie hatte enttäuscht geseufzt. Schade, dass ihr junger Revolutionär kein ruhmreicheres Vorbild gefunden hatte.

Aber wie sollte sie es ihm sagen? Um einem Konflikt aus dem Weg zu gehen, hatte sie beschlossen, das Buch einfach in ihrem Fach zu vergessen und zu beten, dass sie niemals ihre Meinung zu dieser weitschweifigen und granitartigen Literatur würde äußern müssen. Eine Passivität, die ihr wahrlich nicht ähnlich sah und allein der Befürchtung geschuldet war, den jungen Mann zu demütigen. Doch falls sie gehofft hatte, Yannick würde die Sache ebenfalls vergessen, hatte sie sich gründlich getäuscht, denn im Mai kam er zu Beginn einer Unterrichtsstunde zu ihr und erkundigte sich nach der versprochenen Abweichung vom Lehrplan und dem Schicksal von *La Marie-Morgane*. Sie hatte einige Wochen Zeit gehabt, sich eine Antwort zurechtzulegen. Mit ungewöhnlich tiefer und ernster Stimme sagte sie, nein, sie werde in ihrem Unterricht keinen faschistischen Autor behandeln, noch dazu einen miserablen Schriftsteller, wenn er ihre Meinung wissen wolle.

»Selbst seine antisemitischen Ergüsse klingen wie die Sonntagspredigt des Pfarrers. Aber wenn Sie über engagierte Literatur sprechen möchten, erzähle ich Ihnen gern etwas über den Dichter Tristan Tzara. Er kam in den 1920er-Jahren als rumänischer Jude nach Paris, engagierte sich in der Résistance und interessierte sich sehr für eine andere Regionalsprache, die Langue d'Oc. Schlagt Seite 173 in euren Büchern auf, dort findet ihr einen seiner schönsten Texte.«

Der Krieg war erklärt.

Als Yannick den Text zu Ende gelesen hatte, war er

wortlos aus dem Klassenzimmer gegangen und hatte sich beim Direktor beschwert:

»Es ist unerträglich, dass der beste bretonische Schriftsteller im Lehrplan eines bretonischen Gymnasiums nicht vorkommt und wir uns jahrelang mit der Literatur begnügen müssen, die uns ein Unterdrückerstaat vorschreibt«, hatte er gesagt.

»Sie haben sicherlich gesehen, dass wir aktuelle Werke bretonischer Autorinnen und Autoren in der Schulbibliothek haben«, hatte der Direktor erwidert, dem derartige nationalistische Reden von Schülern nicht neu waren. In jedem Jahrgang gab es pro Klasse einen von dieser Sorte, mindestens. Aber Yannick ließ sich nicht beschwichtigen.

»Es ist ein Skandal, dass wir keine bretonische Lehrerin haben, sondern diese versnobte Intellektuelle, die sie uns garantiert nur geschickt haben, weil ihr Mann ein bekannter Schriftsteller ist.«

»Glauben Sie ersthaft, jemand lässt seine Beziehungen spielen, um hierher versetzt zu werden?«, hatte der Direktor zweifelnd gefragt, um das Gespräch zu beenden. In Gegenwart seiner geschätzten Lehrkraft wiederholte er diese letzte Bemerkung natürlich nicht.

Marguerite war schockiert gewesen, dass der junge Mann sie angeschwärzt hatte, als der Direktor ihr davon erzählte. Sie hatte dennoch beschlossen, die Sache auf sich beruhen zu lassen, denn sie erinnerte sich, wie sie selbst als Schülerin gewesen war, an ihre Rebellion gegen den öden klassischen Französischunterricht der späten

Fünfziger. Sie mochte Yannicks ungestüme Art, wie er sich über ein Ja oder ein Nein echauffieren konnte, und seinen durchdringenden Blick. Und so nahm sie das regionalistische Kauderwelsch, mit dem er seine Arbeitsblätter bekritzelte, weiterhin mit Nachsicht zur Kenntnis.

Sie war das blasierte Desinteresse der Studierenden an der Sorbonne gewohnt, und es bereitete ihr Freude, mit den Schülerinnen und Schülern über Gedichte zu sprechen und in ihren Herzen ein kleines Flämmchen zu entzünden. Am ersten Tag hatten sie zwanzig Augenpaare angesehen, perplex und rund wie Untertassen. Überrascht und gerührt von diesen unbedarften Mienen, hatte sie sich daran erinnert, dass eine Schulklasse keine Schafherde, sondern eine Ansammlung von lauter Individuen war.

Dieses Bild will sie im Gedächtnis behalten, wenn es Zeit für den Abschied ist, die rohe, beinahe brutale Emotionalität, mit der sie an die Texte herangehen, frei von Erwartungen und wie Schwämme, die die Worte in sich aufsaugen. Die Energie der Jugend, die sich vor nichts und niemandem fürchtet. Das schonungslose Urteil, der schier unstillbare Wissensdurst, den sie in diesem Alter auch besaß und der sich Gott weiß wohin verflüchtigt hat.

Eines Abends sah sie sich noch einmal *Der Club der toten Dichter* an, die Geschichte eines Lehrers, der jenen Jungen, die zu Anführern der Welt gemacht werden sollen, die Poesie nahebringt. Diese Entdeckung bringt die Schüler dazu, selbstständig zu denken und sich von der

Last der elterlichen Angepasstheit zu befreien. Bis sich einer der Jugendlichen das Leben nimmt, weil er bei seinem Vater einfach kein Gehör findet. Das Ende ließ sie ziemlich niedergeschlagen zurück. Musste man sich wirklich zwischen der Poesie und dem Leben entscheiden? Zwischen dem Schönen und dem Vernünftigen?

Sie fürchtet, sie könnte mit ihrer Klasse zu weit gegangen sein, mit dem Feuer gespielt haben. Zum Glück gibt es am Lycée Xavier-Grall keinen Suizid zu beklagen. Das Schuljahr neigt sich dem Ende entgegen, und ihre Schüler und Schülerinnen führen sich auf wie alle anderen Jugendlichen in Frankreich, rauchen unterm Pavillon, küssen sich wie in Filmen und scharen sich um den Glückspilz, der einen Motorroller geschenkt bekommen hat.

Schon zehn Monate sind vergangen, seit sie Raymond hierher gefolgt sind, und Marguerite ist es nicht entgangen: Ihr Mann und ihre Tochter blühen förmlich auf in der Bretagne. Lilly verbringt den ganzen Tag im Garten, klettert, schlägt Purzelbäume und wirbelt umher. Und was Raymond angeht: Sein wiedergefundenes Lächeln verrät ihr, dass er zu schreiben begonnen hat.

»Ich schlafe hier besser als in Paris, wahrscheinlich werden all meine Ängste vom Granit absorbiert«, hat sie ihn am Telefon zu seinem Lektor sagen gehört.

Am Wochenende stehen sie früh auf, um die Geheimnisse des Waldes zu erkunden, staunen über einen Stechginsterbusch, eine Windbö, die kräftig durch die Heide geht, oder einen Felsen, der unter dem Heidekraut zum

Vorschein kommt. Marguerite hätte gedacht, Raymond als guter Philosoph und Descartes-Anhänger wäre unempfänglich für all die Geschichten von Magie und Hexenmeistern. Aber siehe da, er befragt die Dorfbewohner, als wären sie die letzten Vertreter einer untergegangenen Zivilisation. Er, der eine Kastanie nicht von einer Eiche und Osten nicht von Westen unterscheiden kann, interessiert sich plötzlich für Fauna und Flora, kommentiert die Windrichtung und sammelt bretonische Ausdrücke wie andere Leute Schmetterlinge. Marguerite hegt den Verdacht, dass er all diese Details für den Plot seines nächsten Romans sammelt. Er macht keinerlei Anstalten, zurückgehen zu wollen, und nun ist sie hier gestrandet wie ein alter Kahn.

Andererseits gefällt es ihr gar nicht schlecht, dieses ausgedehnte Exil, und erst recht nicht der Beginn der großen Ferien, denn sie hat ein Ziel: Sie will ihre Mutter wiederfinden.

DER ALTE KREISLAUF

Für den Abend nach der Bekanntgabe der Abiturergebnisse hat die Klassensprecherin, die Tochter des Notars, alle zu sich eingeladen, in den Garten eines bürgerlichen Hauses an der Hauptstraße. Hélène holt ihre schicksten Sachen heraus, ein schwarzes Trägerkleid und Sandalen mit Lederfransen, und steht eine Stunde im Badezimmer und bändigt mit dem Glätteisen ihre Mähne. Skeptisch betrachtet sie im Spiegel ihren Po, der sich auffällig rund aus ihrer ansonsten zierlichen Silhouette hervorwölbt. Ihre Großmutter Alexine, die außer im Fernsehen noch nie eine Schwarze gesehen hat, sagt immer, ihre Enkelin habe einen Hintern wie eine »weiße Negerin«. Weiß, so viel stimmt auf jeden Fall. Vergangenen Sommer hat sie sich stundenlang ohne jeden Schutz in die Sonne gelegt und gehofft, sie bekäme einen so karamellbraunen Teint wie die Mädchen in den Fernsehserien, aber sie handelte sich nichts als krebsrote Haut und eine grauenhafte Nacht ein, in der sie mit ihrer dicken Schicht Panthenolsalbe in den Laken festklebte.

Vor ihren Freundinnen und Freunden, die sich gar nicht mehr einkriegen über ihre Noten, zieht sie an diesem Abend einen gelangweilten Schmollmund und gibt sich unbeteiligt. Dabei war der Tag der Ergebnisverkündung der schönste ihres Lebens. Immer wieder sieht sie sich wie ein Schaf auf dem Weg zum Schlachter zu der Dame hinter ihrem simplen Pult gehen und ihr ihren Namen zumurmeln. Einige unerträgliche Sekunden Wartezeit und dann die Erlösung, als jene schließlich die Nase aus ihren Listen hebt, sie ansieht, aufspringt und applaudiert, unmittelbar gefolgt von ihren Kolleginnen und Kollegen.

»Endlich, wir warten schon seit Stunden auf Sie! Haben Sie es denn gar nicht eilig, Ihren Erfolg zu feiern? Neunzehn Punkte in der schriftlichen Prüfung, zwanzig in der mündlichen, mit Abstand die besten Noten des Départements, bravo!«

Zwischen einem Gefühl von Allmacht und extremer Einsamkeit schwankend, schlendert sie inmitten ihrer Freunde umher, die an diesem lieblichen Abend mit der Sorglosigkeit von Sechzehnjährigen reden, rauchen und Kurt Cobain hören.

Das erste Glas, das man ihr hinhält, trinkt sie in einem Zug aus und spürt, wie der Alkohol sie benebelt. Sie wehrt sich gegen die Benommenheit, die sie plötzlich ergreift, doch schon jetzt beginnt alles um sie herum zu verschwimmen. Im Garten streifen sie im Vorbeigehen mehrere Jungen, und sie stellt sich vor, wie einer von ihnen sie davonträgt.

Yannick, an einen Baum gelehnt, beobachtet sie aus dem Augenwinkel. Sein funkelnder Blick in der Dunkelheit holt sie aus ihrer Träumerei. Sie sind zusammen groß geworden, doch seit Anfang des Jahres sieht er sie irgendwie anders an, beobachtet sie. Zu gut aussehend, zu beliebt. Der ist nichts für dich, redet Hélène sich ein, der passt nicht zu einem fleißigen Bienchen wie dir. Oder sie betrachtet es umgekehrt, viel zu borniert und kleingeistig für sie, die Intelligenzlerin mit den besten Noten des Départements. Mehrmals hat sie seine Einladungen abgelehnt, wollte ihn nicht besuchen, nicht mit ihm zusammen lernen und das Buch nicht lesen, das er ihr so dringend ans Herz gelegt hat. Heute Abend, leicht angeheitert, sieht sie nicht weg.

Sie setzen sich auf eine Hollywoodschaukel, ihre Schenkel und Knie berühren sich, und sie betrachten den Horizont, den Himmel, der sich nicht zwischen Nieselregen und den letzten Sonnenstrahlen entscheiden kann. Er schickt beides, und kurz darauf spannt sich wie eine Brücke ein doppelter Regenbogen über den Wald. Der Horizont, eben noch graublau, ist jetzt weiß. Die beiden sind hier geboren, sie wissen, dass es nicht lange dauern wird, bis alles in einem satten, schillernden Orange leuchtet, und trotzdem können sie sich nicht sattsehen an diesem Farbspektakel.

Gegen Mitternacht kommt ein Gewitter, und alle huschen schnell in die Zelte, die sie zuvor aufgebaut haben. Weil Yannick keinen Schlafsack hat, nimmt Hélène ihn mit in ihren. Dicht aneinandergeschmiegt, hören sie den Regen auf das Zelt prasseln, wie in einer Gruft, einer wunderbar engen Gruft. Ihre Lippen berühren sich, ihre Hände gehen auf Wanderschaft, und sie umarmen sich, zerzausen sich das Haar und halten einander fest. Um noch weiterzugehen, müssten sie den Schlafsack öffnen, aber keiner von beiden wagt es. Von Küssen berauscht, schlafen sie ohne ein Wort zu wechseln ein.

Früh am Morgen klettern sie aus ihrem Zelt, blinzeln ins Licht. Vor Verlegenheit plappern die Mädchen doppelt so viel, während die Jungen doppelt so schweigsam sind wie sonst, und als das mutmaßliche Pärchen Hand in Hand verschwindet, tun alle, als hätten sie nichts gesehen. Sie gehen zur Witwe Tanguy, Yannicks Patentante und beste Freundin von Oma Alexine, um ihr die Zeitungen der vergangenen Woche zu bringen. Als Kind war Hélène stundenlang bei ihr im Laden und schmiss die Kasse, während die beiden alten Frauen die Trauerseiten der Zeitung kommentierten.

»Nun lass die Kinder nicht verhungern«, sagt sie zu ihrer Mitarbeiterin, kaum dass die Turteltäubchen zur Tür hereingekommen sind. »Wollt ihr Kaffee? Ein Stück Sandkuchen? Hélène, Mädchen, da ist ja gar nix mehr dran an dir, so mager bist du.«

Ganz egal, um welche Uhrzeit, wenn man die Alten im Dorf besucht, wird vor dem Plaudern erst mal gegessen und getrunken.

»Was sagt ihr denn zu dem schönen Wetter, ihr beiden Hübschen? Wie's aussieht, bleibt's jetzt so.« Hélène lächelt Yannick an, der langsam das kühle Bier trinkt, das ihm hingestellt wurde.

»Und wann wird geheiratet, ihr zwei Turteltäubchen? Habt ihr euch auch schon einen Bauplatz ausgesucht?

Hinter dem Haus vom Schuhmacher stehen Grundstücke zum Verkauf, da hättet ihr's doch schön«, sagt sie mit diesem verkniffenen Lächeln, das wenig Raum für Widerspruch lässt.

Für die Witwe Tanguy folgt das Leben einem unabänderlichen Kreislauf: Man sucht sich einen Burschen oder ein Mädchen aus dem Dorf, man heiratet, man baut sich auf einem kleinen Grundstück ein Haus und richtet dann ein Kinderzimmer ein. Jeder Mensch auf Erden hat seinen Platz, ein Stück Land und ein Haus. Und wehe denen, die aus der Reihe tanzen und von dieser alten Ordnung abweichen. In ihren Augen verlässt man niemals freiwillig das Dorf, denn das kommt einer Strafe gleich. Zwanzig Kilometer Umkreis sind das höchste der Gefühle, alles jenseits davon ist die Fremde. Fremden von außerhalb misstraut man. Wer nicht mehr zur Kirche geht, wer sich scheiden lässt oder in den Urlaub fährt, wird schief angesehen.

Die hält sich wohl für was Besseres, sagt sie über die Dorfbewohnerinnen, die ins Exil jenseits des heimatlichen Wahlkreises gegangen sind und es gewagt haben, wieder zurückzukommen. *Tss, jetzt guck dir diese Kartoffelkäfer an,* sagt sie seufzend über die vereinzelten Touristen, die sich ab Juni hin und wieder ins Dorf verirren. Sie ist die Anführerin einer Gruppe älterer Damen, die sich tagtäglich um sechzehn Uhr zu Domino oder Kaffee im Hinterzimmer ihres Ladens zusammenfinden.

Für Hélène war die Witwe Tanguy schon immer alt. Ihre Gegenwart hat etwas Beruhigendes, denn sobald sie über die Türschwelle der Alten tritt, kann sie sich sicher sein, dass alles noch genauso ist wie am Vortag, am Vorvortag und auch am Tag danach. Gleichzeitig macht sie ihr aber auch Angst. Es geht das Gerücht, die Witwe Tanguy hätte einmal einen Priester aus dem Dorf gejagt, stell dir nur vor, einen Diener Gottes, hat ihre Mutter gesagt. Hélène wird sich hüten, der Alten zu sagen, dass ihr das Dorf nicht mehr genügt, seit sie Marguerite begegnet ist. Dass sie die Welt auf einmal aus einer anderen Perspektive wahrnimmt.

Yannick nickt, denn sie wissen beide, dass man der Witwe nicht widersprechen darf, schon gar nicht, wenn sie die Zukunft plant.

»Natürlich werden wir heiraten, Tante«, sagt Yannick, »und du bist die Erste, die eine Hochzeitseinladung bekommt.«

Die Witwe lächelt die beiden zufrieden an, genau das wollte sie hören.

Eines Abends willigt Hélène ein, Yannick und seine älteren Kumpels aus dem Bretonisch-Kurs zu einem Fest-Noz in Morlaix zu begleiten.

Zu sechst in den alten Citroën CX des Kursleiters gequetscht, fahren sie eine Stunde durch den strömenden Regen zu einem schlammigen Acker, der jetzt ein riesiger Parkplatz ist und auf dem ganz vorn ein zur Bühne umfunktionierter Anhänger steht. Den seelenruhig widerkäuenden Kühen jenseits des Zauns sind die Dudelsäcke völlig egal. Yannick und seine Kumpels, in

Regenmänteln an langen Bierzelttischen, stopfen mit den Fingern verkohlte Bratwürste und halb rohe Pommes in sich rein. Kaum dass die Bierbecher leer sind, weht sie der Wind davon. Hélène, die sich an einem Grill wärmt, die Hände tief in den Taschen ihrer Daunenjacke vergraben, beobachtet sie aus einiger Entfernung und fragt sich, was Yannick nur an diesen Abenden in der Eiseskälte, am schrillen Gejaule der Dudelsäcke und dem Grunzen der Bombarde findet. Seine Kumpels und er tanzen nicht einmal.

Hélène denkt an Marguerite und vermisst jetzt schon die gemeinsamen Arbeitstreffen nach dem Unterricht. Ihre Lehrerin hat ihr von Rilke erzählt, dem Dichter, der die Menschheit in zwei Gruppen einteilte: jene, die leben, und jene, die etwas erschaffen. Die, die leben, verlieren sich in eitlen Vergnügungen und im Getöse der Welt, während die Schaffenden die Einsamkeit bewohnen, sie kultivieren und lieben. Seither sucht Hélène bei jeder neuen Begegnung jemanden aus dem Stamm der Schaffenden, doch sie sind nicht so leicht zu finden. Und Yannick ist keiner von ihnen. Immer wenn sie ihm einen Gedichtband geliehen hat, lag er beim nächsten Mal noch genau da auf dem Stapel, wo sie ihn hingelegt hatte. *Ich bin noch nicht zum Lesen gekommen,* rechtfertigte er sich jedes Mal.

Sie weiß sehr wohl, dass Yannick Marguerite nicht mag, diese Pariserin, die gekommen ist, um ihr Denken zu kolonisieren. Er regte sich furchtbar auf, als Hélène ihm von ihrem Vorschlag erzählte. Was hatte ihr diese

Fremde da für einen Floh ins Ohr gesetzt? Das Dorf ist ihr wohl jetzt nicht mehr gut genug? Also sprechen sie nicht mehr über Marguerite, aber trotzdem ist sie stets präsent, der sprichwörtliche Elefant im Raum.

DER GROSSE LEUCHTTURM DER STADT

Paris, Oktober 1944

Odette fuhr zum allerersten Mal mit dem Zug. In Morlaix am Bahnsteig standen noch andere junge Mädchen, kaum älter als sie und ebenfalls allein, und Familien mit großen Koffern. Die Reisenden blickten mit abgespannten, müden Gesichtern auf den Boden oder ins Leere, schämten sich, ihre Heimat für eine bessere Zukunft woanders aufzugeben. Odette nahm gegenüber zweier rotwangiger Nonnen Platz, die kurz nach der Abfahrt ein Geschirrtuch und einen großen runden Brotlaib auspackten, dazu geräucherten Speck und Buttermilch, und dem Waisenkind von allem etwas abgaben. Odettes Habseligkeiten bestanden nur aus einem kleinen Koffer und ihrem Mantel, in den Taschen die paar Francs, die sie aus Schubladen und Jackentaschen zusammengekratzt hatte. Außerdem befand sich darin der Haustürschlüssel. Bevor sie aufbrach, ohne jemandem etwas davon zu erzählen, hatte sie abgesperrt und sämtliche Fensterläden geschlossen.

Obwohl sie ihrer Tante einen Brief geschrieben und ihr die Ankunftszeit ihres Zugs mitgeteilt hatte, wartete in Montparnasse niemand auf sie. Einen Moment blieb sie wie versteinert auf dem Bahnsteig stehen, als sie plötzlich zwei Stimmen mit vertrautem Akzent ansprachen:

»He, du, weißt du nicht wohin? Zum ersten Mal in Paris? Komm mit uns.«

Fünf Minuten später saßen sie im *Rendez-vous des Bretons,* der Kneipe gegenüber dem Bahnhof, eine Pflichtstation für alle in der Hauptstadt ankommenden Bretoninnen und Bretonen. Odette zeigte der Kellnerin die Adresse ihrer Tante, und wie der Zufall es wollte, waren es von dort nur zehn Minuten zu Fuß. Ihre neuen Freundinnen warnten sie vor den Zuhältern, die sich in der Nähe des Bahnhofs herumtrieben.

»Hüte dich vor diesen großen Vögeln, je feiner ihr Zwirn und je süßer ihre Worte, desto mehr nimm dich in Acht!«

Nachdem sie sich die Adressen ihrer Beschützerinnen in ihrem Büchlein notiert hatte, verabschiedete sie sich von ihnen und lief die Avenue de Maine entlang bis zur Place d'Alésia. Sie hatte noch nie so viele unbekannte Menschen gesehen, so viele Autos und grelle Lichter. Der scharfe Geruch der Abgase kratzte ihr im Hals, der ohrenbetäubende Lärm des Presslufthammers jagte ihr Angst ein, und als sie sich mit dem Anblick des Himmels und der Wolken beruhigen wollte, sah sie nur schmutzige, schwarze Gebäude am Horizont. Die Angst schnürte ihr regelrecht die Kehle zu.

Ihre Mutter hatte oft mit einem gewissen Stolz von ihrer »Schwester in Paris« gesprochen. Ob ihr klar gewesen war, dass ihre Schwester in Paris mit ihrem Mann und ihren beiden Kindern in einem winzigen Dienstbotenzimmer lebte? Odette hatte sie nicht mehr gesehen, seit sie, lange vor dem Krieg, nach Paris gegangen war. Jetzt wirkte sie wie eine alte Frau.

Die Tante und ihr Mann waren bei einer reichen Familie in der Villa d'Alésia angestellt, sie als Dienstmädchen für Madame, er als Chauffeur und Handlanger für Monsieur. Sie nahmen sie für diese Nacht bei sich auf, doch als sie morgens aufwachte, verriet ihr der beschämte Blick ihrer Tante, dass sie nicht bleiben konnte.

»Ich habe eine Stelle für dich gefunden, eine tadellose Familie im siebzehnten Arrondissement, katholisch und mit zwei wohlgeratenen Kindern, ein vierjähriger Junge und ein Baby. Dort bist du sicher.«

Noch am selben Abend stand Odette vor einer hochgewachsenen Blondine, knochig und mit markantem Kinn, die langsam, in simpelsten Sätzen und mit nachdrücklichen Gebärden mit ihr sprach, so als verstünde sie kein Französisch. Ihre Dienstherrin staunte, als ihr junges Dienstmädchen Rückfragen zu einigen Details stellte und dabei Formulierungen wie »könnte ich« oder »hätten Sie wohl« verwendete. Odette hütete sich, ihr zu sagen, dass sie auch lesen und schreiben konnte. Und dass sie sich mit der Geschichte Frankreichs und mit Geografie auskannte, ja, sogar Latein beherrschte. Ihre Tante hatte ihr geraten, den Dienstherrn niemals zu widersprechen. Und als die Dame ihr sagte, sie werde hier Marie heißen, genau wie die Polin mit dem unaussprechlichen Namen, die sie ersetzte – *Ach, weißt du, das Personal kommt und geht, das verstehst du ja sicher* –, hatte sie nicht den Mut zu protestieren.

Die riesige Wohnung mit den langen Fluren und hohen, stuckverzierten Decken roch nach Bohnerwachs und Kohleofen. Marie-Odette blieb eine Weile vor dem Bücherregal stehen und legte den Kopf schief, um die Titel zu lesen, und sie konnte sich gerade noch zurückhalten, ein Buch herauszuziehen und darin zu blättern. Hunderte von Büchern, warteten säuberlich aufgereiht in den Regalen darauf, verschlungen zu werden.

»Das ist das Arbeitszimmer meines Mannes, da setze ich niemals einen Fuß hinein«, erklärte ihr Madame und schob sie aus dem Zimmer.

Der Hausherrin war diese bücherlesende Bretonin mit ihren tadellosen Sätzen suspekt. Bretonen, das waren in ihrer Welt eine Horde hungernder Hinterwäldler, die in Paris einfielen, um Geld zu verdienen. Man musste sich stets in Acht nehmen, dass sie einem nicht das Tafelsilber oder den Schmuck stahlen. Dass sie gebildet sein könnten, lag jenseits ihrer Vorstellungskraft. Eine gebildete Bretonin, das musste eine Kommunistin sein, dachte sie.

Um sechs Uhr morgens verließ Marie-Odette ihr Mansardenzimmer, ging über die Dienstbotentreppe vier Etagen nach unten und bereitete der Familie das Frühstück. Danach räumte sie ab und machte sich an die Hausarbeit. Um zehn Uhr ging sie auf dem Markt Poncelet einkaufen, dann musste auch schon das Gemüse fürs Mittagessen geputzt werden, und danach folgte der Abwasch und der Spaziergang mit den Kindern in dem kleinen Park. Ihre Dienstherrin hatte ihr eingeschärft, sie stets im Auge zu behalten, nicht mit anderen Kindern spielen zu lassen und auch selbst mit niemandem zu sprechen. Also blieb sie allein und winkte den anderen Dienstmädchen im Park nur stumm von Weitem zu. Nachdem sie die Kinder gebadet, die Wäsche gemacht und das Abendessen vorbereitet hatte, sank sie todmüde auf ihre Federkernmatratze.

Jeden Tag dasselbe Spiel, außer am Sonntagnachmittag, da traf sie sich in der Rue de l'Ouest mit den Freundinnen, die sie am Bahnhof kennengelernt hatte. Die eine, Obst- und Gemüsehändlerin, stand bei jedem Wetter mit ihrem großen Karren an einer Straßenecke und verkaufte Kartoffeln, Blumenkohl, Artischocken und Karotten. Die andere bediente in einer Crêperie.

Am Anfang traute Odette niemandem über den Weg, ging schnell und gebückt und blickte auf den Boden. Mit der Zeit wurde sie selbstsicherer, fand sich in Paris zurecht und konnte es kaum erwarten, am Sonntag um zwei Uhr nachmittags wieder die Lichter, die Cafés und die vielen Menschen in Montparnasse zu sehen. Wenn sie am Bahnhof vorbeiging und junge Mädchen mit verlorenem Blick und linkischem Gang auf die Straße hinaustreten sah, vom großen Leuchtturm der Stadt angelockt wie Motten vom Licht, wurde ihr eng ums Herz.

Nach ihrer Schicht lud ihre Freundin, die als Kellnerin arbeitete, sie manchmal noch zu einem Becher

Cidre ein, und sie saßen inmitten laut redender Bretonen, die froh waren, unter ihresgleichen zu sein. Odette bemerkte, dass sie auf Männer eine bestimmte Wirkung hatte, und flirtete ein paar Mal mit einem der jungen Männer, die im Citroën-Werk Javel oder bei Renault-Billancourt arbeiteten, doch so eine Last wollte sie sich nicht aufbürden.

Wenn Monsieur seine endlosen Diners abhielt, musste sie bis zu acht Gänge servieren und dazu edle Weine ausschenken, und die Schmerbäuche der Gäste ließen daran zweifeln, ob sie von der Rationierung der letzten Jahre überhaupt etwas mitbekommen hatten. Nach dem Essen, nachdem Monsieur Liköre und Zigarren herausgeholt hatte, kam jener gefürchtete Augenblick, in dem er sie seinen Freunden präsentierte:

»Das ist Marie, unsere Bretonin, direkt vom Bauernhof zu uns gekommen. Eine waschechte Bäuerin, geboren in einem Blumenkohl. Seht euch nur diese Wangen an!«

Es folgte unverschämtes Kichern. In der Schule war sie die Tochter von Dr. Bozec gewesen und von jedermann auf der Straße respektvoll gegrüßt worden. In Paris war sie nichts. Oder noch weniger als nichts: eine vom Dorf, ein Landei, ein Bauerntrampel. Zu Hause war Bäuerin eine Berufung gewesen, etwas, worauf man stolz war, denn man ernährte das ganze Dorf. In Paris war es ein Stigma, für jedermann sichtbar mitten auf der Stirn.

DIE BRETAGNE BEFREIEN

Le Bois d'en Haut, Juni 1994

In der letzten Stuhlreihe im Hinterzimmer der Pferdewett-Kneipe in Brennilis bekommt Yannick eine Gänsehaut: Zum ersten Mal nimmt er an einem der Geheimtreffen von Libérer la Bretagne teil.

Sein Vater hat ihn hergefahren. Es freut ihn, dass sein Sohn bei der Verteidigung der Heimat mitmischen will.

»In deinem Alter hätte ich das auch gern getan, aber das Pharmaziestudium ließ mir keine Zeit. Tja, und dann deine Mutter …«

Er blickt starr geradeaus auf die Straße, die nach Westen führt, und lässt den Rest des Satzes in der Luft hängen.

Vater und Sohn fällt es schwer, ohnmächtig mitansehen zu müssen, wie es mit ihrem kleinen Ort immer weiter bergab geht. Im 19. Jahrhundert tummelten sich in den Hotels rund um den Marktplatz reiche Künstler, angelockt vom Wald und seinen Legenden. Dann flohen sie in mildere Gefilde, und heute sind nur noch die Armen und Alten da. Auf Postkarten von damals stehen livrierte Hotelpagen mit glänzenden goldenen Knöpfen vor schicken Hotels, die heute baufällig sind und leer stehen.

Schon als Kind hat Yannick fasziniert den abenteuerlichen Geschichten der Alten über die bretonische Bewegung nach dem Krieg gelauscht, aus jener ruhmreichen Zeit, in der hier Arbeiter, Bauern, Ärzte und Priester zusammenlebten. Der alte Druide Denez, der unter der Woche als Dachdecker arbeitet, sonntags die Binioù spielt und mit seinem langen weißen Bart wie ein Doppelgänger von Merlin dem Zauberer aussieht, erzählt sonntags beim Apéritif, wie er abends mit dem Pfarrer zusammen loszog, um Anschläge mit Plastikbomben zu verüben, Sprengstoff auf der Rückbank des Wagens versteckt und im Gepäck von seiner Frau gestrickte Strumpfmasken. Weil auch Yannick davon träumt, der Schattenarmee beizutreten und sich am Kampf zu beteiligen, hat ihm der alte Denez von der Organisation erzählt. Yannick hat lange gezögert, aber heute ist es so weit: Mit seinen sechzehn Jahren ist er bis in die Haarspitzen überzeugt und bereit.

Während die Versammelten allmählich Platz nehmen, wird Yannick immer unbehaglicher zumute. Sein Sitznachbar trägt ein Holzfällerhemd und speckige Jeans und hat eine Weinfahne. Vor ihm streichelt eine schmuddelige Punkerin einen Schäferhund. Er hatte sich vorgestellt, in eine mit Fackeln beleuchtete und mit der bretonischen Flagge Gwenn ha Du geschmückte Granitkatakombe hinabzusteigen, und jetzt sitzt er hier inmitten junger Penner in einer fensterlosen Kneipe, in der es nach Tabak und Bier stinkt. Gerade überlegt er, ob er durch die Hintertür verschwinden soll, da kommt ein junger Mann herein, und es wird still im Raum.

»Salut, Fanch«, sagen die Versammelten wie aus einem Mund, plötzlich wie hypnotisiert durch die Ankunft ihres Chefs. Yannicks Augen leuchten auf. Fanch sieht aus, als wäre er einer amerikanischen Serie entsprungen: zerzaustes blondes Haar, ausgewaschene Jeans fast ohne Löcher, ein weißes T-Shirt, unter dem sich Muskelpakete abzeichnen, und eine mattschwarze Lederjacke. Es folgt eine Debatte über die nächsten Schritte:

»Gut, machen wir's kurz. Da wir die letzten Aktionen in den Sand gesetzt haben, gelten wir jetzt als Schnarchsäcke und Amateure. Die Basken machen sich über uns lustig, von den Korsen ganz zu schweigen. Schwarz übermalte Straßenschilder und Tags sind ja schön und gut, aber das reicht nicht. Was schlagt ihr vor?«

»Wie wär's, wenn wir die Marianne-Statuen aus den Rathäusern klauen?«, schlägt ein hibbeliger, zierlicher Mann mit einem schwarz-weißen Tuch um den Hals vor.

»Joaah, alles schon gemacht ... Bringt nicht viel. Davon liegen schon drei bei meinem Opa hinterm Haus im Teich«, erwidert Fanch und dreht sich eine Zigarette.

»Und wenn wir der Anne-de-Bretagne-Statue in Nantes einen Knebel verpassen?«, schlägt ein bärtiger Rothaariger mit Schaffellweste vor.

Fanch zuckt mit den Schultern.

»Ihr immer mit euren Statuen! Kann ich mal was Neues hören? Paris wird sich nur unter dem Druck von Gewalt beugen, die bewegen sich erst, wenn wir sie tief in ihrem Inneren treffen.«

»Aber wir sind keine Terroristen«, entgegnet die

Punkerin. »Wir Bretonen verabscheuen Gewalt, schon vergessen?«

»Ich darf dich daran erinnern, dass man die Mitglieder der Résistance unter dem Vichy-Regime als Terroristen bezeichnet hat. Genau wie die Unabhängigkeitskämpfer in Algerien oder in Indochina. Wir dürfen nicht weiter stillhalten und schweigen. Natürlich sind wir gegen Gewalt, aber an manchen Stellen muss die Wut endlich raus. Die gute Nachricht: Unsere Brüder von der ETA haben uns Sprengstoff der neuesten Generation geschickt. Einer von uns wird lernen, damit umzugehen.«

Bleischweres Schweigen im Raum.

»Vielleicht könnten wir die Arbeitsagentur ins Visier nehmen, als Protest gegen die Prekarisierung von Arbeit«, sagt das kleine Energiebündel.

»Oder die McDonalds-Filialen in der Gegend?«, schlägt darauf der Bärtige mit dem Schaffell vor. »McDonalds, das ist der amerikanische Unterdrücker, der uns vergiftet. Und unsere Bauern ausbluten lässt.«

Halb genervt und halb belustigt fasst Fanch zusammen:

»Dann zeigen wir's jetzt also McDoof und dem jakobinischen Staat, die uns tagtäglich tyrannisieren.« Der junge Anführer mit seinen fröhlichen Augen und dem offenen Lächeln wirkt energisch, aber beherrscht, und er strahlt die ruhige Gewissheit aus, einen wichtigen und notwendigen Kampf zu führen.

Dann, an Yannick:

»Ihr Neuen, übt euch in diesem täglichen Störfeuer: anonyme Briefe und Anrufe bei kollaborierenden Abgeordneten und Stadtverwaltungen, Denunzierung von Vasallen des imperialistischen französischen Staats, Särge oder Gewehrkartuschen in Briefkästen und keine Gnade für die Besetzer. Und jetzt eine Schweigeminute für unsere Brüder, die zu Unrecht in Paris im Gefängnis sitzen.«

Am Ende der Versammlung hebt er seine Bierdose:

»Trinken wir auf die ewige Bretagne, die Bretagne, die sich trotz der Besetzung durch den französischen Feind wacker aufrecht hält.«

»Yec'hed mat«, antworten alle wie aus einem Mund. Fanch kommt zu Yannick und drückt ihm lange die Hand:

»Bist du das, der auf Empfehlung vom alten Denez da ist? Herzlich willkommen, mein Freund. Wie's aussieht, sprichst du Bretonisch? Das gibt's immer seltener. Früher wurde auf den Versammlungen nur Bretonisch gesprochen, aber das musste ich aufgeben, weil die anderen den Schuss nicht gehört haben. Los, komm mit.«

Er zieht ihn in einen schummerigen Raum. An der Wand hängt eine große bretonische Flagge, und Yannick muss darauf schwören, dass er der Organisation dienen und Stillschweigen bewahren wird.

»Sei stolz auf dich, du bist soeben Anwärter unserer Bewegung geworden! Zeig deinen Kampfgeist und schlag mir Aktionen vor, dann wirst du schnell aufsteigen. Vergiss niemals, du bist die Bretagne. Die ewige Bretagne.«

Auf dem Rückweg brennt es Yannicks Vater auf den Nägeln, ihm zu sagen, dass es vielleicht ein Fehler war und er sich besser nicht allzu oft mit dieser Truppe von gescheiterten Existenzen abgeben sollte, die er da aus der Kneipe kommen sah. Er würde ihm am liebsten sagen, dass er vorsichtig sein, sich nicht in irgendetwas reinziehen lassen und einen kühlen Kopf bewahren soll. So etwas machen Väter. Aber er schweigt. Denn so war es zwischen ihnen schon immer: Man versteht sich, aber am besten ohne Worte, und drängt dem anderen nicht seine Meinung auf.

Auch Yannik bleibt stumm und denkt an das, was Fanch gesagt hat: *Schlag mir Aktionen vor, dann wirst du schnell aufsteigen.* Seine Gedanken sind auch bei Hélène. Er würde sich wünschen, dass sie nicht mehr den Sandkastenfreund in ihm sieht, den Sohn der Apothekerin, der ihr heimlich Kosmetikproben zusteckt. Seit diese Französischlehrerin sie mit ihren Büchern und ihren Komplimenten verhext hat, muss er hilflos mitansehen, wie sie sich verändert. Zwar hatte sie ihn in der Euphorie nach dem Abi nachts im Zelt geküsst, aber dieser Sieg hat einen bitteren Beigeschmack. Kaum erobert, entgleitet sie ihm auch schon wieder. Diese lang ersehnten ersten Küsse sind für sie nur der Abschluss eines Kapitels, eine Art Medaille für all die gemeinsam verbrachten Kindheitsjahre, bevor sie sich aus dem Staub machen. Allein der Gedanke, Hélène zu verlieren, schnürt ihm die Brust zusammen. Gegen einen Rivalen an der Schule oder gegen einen überbehütenden Vater wüsste er zu kämpfen und sicherlich zu siegen. Aber gegen diese Sehnsucht nach der weiten Welt fehlen ihm die Waffen.

IM SCHATTEN DER PLATANE

Erster Ferientag. Ein launischer, zum Faulenzen einladender Himmel. Das Telefon reißt Hélène aus ihrer Morgendumpfheit. Es ist Marguerite. Hélène wird rot vor Scham, sie hatte sie nicht mal angerufen, um von ihren Noten zu erzählen, war zu beschäftigt damit gewesen, ihren kleinen Triumph auszukosten.

»Hélène, ich habe von deinen Prüfungen gehört, toll!«, trällert Marguerite, ohne den Hauch eines Vorwurfs in der Stimme.

Den Hörer in der schwitzenden Hand, stammelt Hélène ein Dankeschön. »Das verdanke ich nur Ihnen«, würde sie gern ergänzen, aber die Worte bleiben ihr im Hals stecken.

»Magst du heute Abend zu uns kommen, um das zu feiern?«

Ohne lange nachzudenken, sagt sie zu. Was für eine Ehre! Sie, die kleine Dorfpomeranze, wird mit eigenen Augen sehen dürfen, wo diese Zauberin der Worte wohnt, wie ihr Haus aussieht, ihr blühender Garten ... ihr Mann. In Ohnmacht wird sie fallen, wenn der mit ihr spricht! Aufgeregt wie ein Groupie erzählt sie die Neuigkeit ihrem Vater, der darüber so erfreut und stolz wirkt, als wäre er selbst eingeladen. Hélène zieht sich einen marineblauen Pulli über, dazu die helle Jeans, die ihre Beine aussehen lässt wie Streichhölzer.

Am Abend setzt ihr Vater sie bei Kaiserwetter auf der anderen Seite des Waldes vor einem rostigen Tor ab, hinter dem ein von alten Buchen gesäumter Pfad liegt. Im Schatten der Bäume stapft Hélène diesen Weg entlang. Als sie einen gepflasterten Hof erreicht und das Haus vor ihr aufragt, hält sie staunend inne. Das hier ist kein geducktes, aus grauem Stein gebautes Haus wie ihres, wie all die anderen Häuser der Gegend. Aber es ist auch keine dieser protzigen, modernen Betonvillen, wie manche wohlhabenden Leute sie sich bauen. Nein, es ist ein richtiges Château, mit einer großen Tür mit Korbbogen, zwei Türmchen an den Seiten und steinernen Zinnen auf den Giebeln.

Sie denkt an Yannick, der oft darüber spricht, wie die Feudalherren und reichen Händler sich früher dickmaurige, mit Wachtürmen versehene Gutshäuser bauten, zum Schutz vor den armen, ausgebeuteten Bauern. Und an die Seeleute und Kapitäne, die sich, nachdem sie in Amerika oder Indien zu Geld gekommen waren, sturmgeschützte Herrenhäuser am Meer errichteten.

Zum Glück ist Yannick jetzt nicht hier, denkt sie, der würde nur über Pariser schimpfen, die sich einbilden, sie seien echte Schlossherren. Im Dorf hat niemand das Sagen, und es gibt weder arm noch reich, nur ein riesiges Dazwischen: Jeder hat seinen kleinen Hof, seinen Laden, seine Stelle als Beamter oder Arbeiter. Auf jeden, der sich von der Masse abheben will, zeigen die anderen mit dem

Finger; nur Unentbehrliche wie Yannicks Apotheker-Eltern oder der Notar, der Hüter der Geheimnisse des Dorfes, sind davon ausgenommen.

Die von der Erhabenheit des Ortes überwältigte Hélène hat das Gefühl, einen Tempel zu betreten. Statt einer Opfergabe hat sie einen von ihrer Mutter gebackenen Pflaumenkuchen in der Tasche.

»Die Klingel ist kaputt«, erschallt da vom Balkon die heisere Stimme von Marguerite. »Tritt nicht auf die Schildkröte, die läuft mir dauernd weg, bestimmt schläft sie noch irgendwo da unten.«

Nach kurzem Zögern entscheidet Hélène sich für einen der zwei Flügel der prächtigen, hufeisenförmigen Treppe. Eine riesige Granitvase auf der obersten Stufe sprudelt über vor Blumen. Im Haus, inmitten der feinen Holztäfelung an allen Wänden, riecht es angenehm nach Wachs. Zum ersten Mal im Leben hat Hélène das Gefühl, nicht mehr in der Bretagne zu sein. Nichts hier drin gleicht den bescheidenen Interieurs, die sie von den Leuten aus der Gegend kennt, dem bunten Mix aus Resopalmöbeln, zwischen denen sich der Geruch von feuchten Mauern mit dem aus der Küche mischt.

Da taucht strahlend Marguerite auf und führt sie in ein Wohnzimmer, in dem ein Ambiente fröhlicher Unordnung herrscht. Hélène bemerkt ihr würziges Parfüm und auch die unzähligen Bücher, teils sauber ins Regal sortiert, teils planlos auf den Boden längs der Wände oder auf den großen Flügel gestapelt. Sie setzt sich aufs Sofa. Ein alter Labrador heult auf, als sie ihn dabei aus Versehen mit dem Fuß erwischt.

»Das ist Lord Byron«, stellt Marguerite ihn vor. »Er kommt aus dem Tierheim. Weil ihm eine Hinterpfote fehlt, wollte keiner ihn haben. Ein hinkender Hund, das brach mir das Herz.«

Das Tier legt Hélène den Kopf auf die Knie, will gestreichelt werden. Sogar der Hund riecht gut, staunt sie, bei uns gibt's so was nicht. Marguerites natürliche Anmut macht sie sprachlos, so völlig anders als die einschüchternde Schönheit der Lehrerin, die auf ihrem Podest vor der Klasse steht. Zarte Handgelenke, fein wie Porzellan, und ein honigfarbener Teint, den man hierzulande sonst nicht sieht. Dezenter, eleganter Schmuck, das komplette Gegenteil des Klimperkrams von Mamie Alexine.

Marguerite fragt sie nach ihren Prüfungen, kommentiert die unverhofften Leistungen einiger Klassenkameraden und lächelt dabei stolz wie eine Generalin, die ihre Truppen siegreich aus der Schlacht geführt hat. Dann führt sie Hélène hinaus in den Garten, stellt sie den Tieren vor und auch ihrer Lieblingsplatane, die sie dabei umarmt, zeigt ihr den von einem Unwetter etwas lädierten wilden Wein sowie die trägen, noch nicht aufgegangenen Stockrosen. Mitten auf dem Grundstück ragt ein Fels in Form eines riesigen Pilzes auf, den sie »Pluto« nennt.

»Pluto war schon lange vor uns da«, erklärt sie lächelnd. »Der ist ein paar Jahrmilliönchen älter als wir.«

Der Labrador ist ihnen hinterhergehumpelt, in den

Büschen zwitschert eine Grasmücke. Von einem alten Klettergerüst baumelt kopfüber ein kleines Mädchen; jeden Augenblick könnte sie mit dem Schädel auf den Boden krachen, doch da schwingt sie sich elegant hoch in den Sitz und grüßt so würdevoll wie eine Turnerin nach einem olympischen Wettkampf. Eine asiatische Turnerin, dem schwarzen, glatten Haar und den Augen nach zu schließen.

»Das ist meine Tochter Lilly«, sagt Marguerite.

Die nur in ein Höschen gekleidete Kleine pflanzt sich einen Augenblick lang vor Hélène auf, taxiert sie ausdruckslos und saust dann gleich wieder davon.

»Sie ist ein bisschen wild, aber ein Schatz, du wirst sehen.«

Ganz hinten im Garten schlängelt sich ein mit Platten ausgelegter Pfad durch Dornbüsche und Blattwerk zu einem seltsam niedrigen Häuschen, halb Blockhütte, halb Haus der sieben Zwerge.

»Das ist das Reich meines Manns Raymond.« Marguerite zieht an ihrer Mentholzigarette. »Da drin schreibt er.«

Ein paar Minuten später taucht eine schlaksige Gestalt aus der Hütte auf, Dreitagebart und grau meliertes Haar. Hélène erkennt sofort den Mann von ihrem Foto wieder, nur in älter.

»Hélène, das ist mein Mann Raymond, der berühmte Krimiautor. Raymond, das ist meine Schülerin Hélène, meine Entdeckung, mein Triumph: die besten Noten von ganz Finistère!«

Hélène wird rot und blickt zu Boden. Noch nie zuvor hat ihr jemand solche Komplimente gemacht. Und sie hat noch nie zuvor jemanden getroffen, der schon mal im Fernsehen war. Raymond würdigt sie kaum eines Blickes, ringt sich bloß ein »Guten Tag« ab, zündet sich eine winzige Zigarette an und kehrt zurück in seine Hütte.

»Wenn er schreibt, ist er ein echter Stiesel«, erklärt Marguerite. »Das hat nichts mit dir zu tun.«

Sie essen zu zweit im kühlen Schatten der Platane. Auch für den großen Schriftsteller ist eingedeckt, doch der beehrt sie nicht mit seiner Gesellschaft. Der Hund schlummert im Schutz des imposanten Felsblocks. Lilly kommt ab und zu vorbei und stibitzt eine Olive, läuft dann aber immer gleich wieder zurück zur Schaukel. »Quasimodo!«, ruft sie, auf der Suche nach ihrer unauffindbaren Katze.

»Ich habe in Morlaix Austern und Hummer besorgt«, sagt Marguerite. »Seit wir hier wohnen, ernähren wir uns ja praktisch nur noch von Meeresfrüchten.«

Hélène wagt nicht, ihr zu erzählen, dass hier sonst niemand Meeresfrüchte isst: Die sind sündhaft teuer und machen nicht richtig satt. Marguerite entkorkt einen Champagner, schenkt zwei Kristallgläser voll und erhebt dann das ihre:

»Auf deine Noten!«

»Auf *unsere* Noten«, berichtigt Hélène.

Dann erzählt Marguerite von ihrer Kindheit in Paris.

»Mir war oft langweilig. Zum Glück habe ich früh die Poesie entdeckt, wie ein Rauschgift war die für mich. Dann die Malerei. Beim Malen der Dächer von Paris habe ich von meinem Fenster aus die Schönheit und Vielfalt des Lebens betrachtet, wo andere nichts als Ziegel, Schornsteine und Regenrinnen sahen. Letztlich sagen Ziegel und Gedichte doch dasselbe aus: Es gibt zwei Leben, das vor unseren Augen und dann noch ein zweites, das uns meistens entgeht. Maler und Poeten zeigen uns, was sie von diesem zweiten Leben sehen. Seit dem Collège habe ich jede Nacht davon geträumt, wegzulaufen und allein durch die Straßen zu streifen. Ich glaube, alle Mädchen wissen, dass sie eines Tages fortmüssen. Soll ich dir was nachschenken?«

Jedes einzelne von Marguerites Worten lässt in Hélènes Herz einen Funken aufblitzen. Nur zu gern würde sie die Welt mit ihren Augen sehen, in ihren Gedanken schwimmen.

Zum Nachtisch gesellt sich ein hundemüde wirkender Raymond zu ihnen. Er setzt sich Hélène gegenüber und mustert sie halb gleichgültig, halb neugierig. Sie selbst fixiert ein Gänseblümchen zu ihren Füßen, spürt aber seinen Blick.

»Dieser Roman macht mich fix und fertig, ich komme einfach nicht voran«, klagt er und schenkt sich Champagner ein. »Das ist definitiv mein letzter.«

»Das sagst du jedes Mal, und dann wird's doch wieder ein Bestseller«, erwidert Marguerite und klingt plötzlich müde.

Im Bücherbus hat Hélène fast alle von Raymonds Werken gefunden und sie verschlungen. Sein erstes, erfolgreichstes Buch erzählt von seiner Jugend, geprägt vom Selbstmord seiner Mutter und dem Bibelstudium. Das zweite schildert, wie die Literatur bei ihm an die Stelle des Glaubens getreten ist. Danach kamen nur noch Noir-Krimis, deren Held, ein brillanter, alkoholkranker Ermittler, von tiefer Melancholie geplagt wird.

Interviews und Fernsehauftritte mit ihm sind selten, aber sehr gefragt, und zu seinen Lesungen strömen Hunderte Groupies, hauptsächlich Frauen. Laut dem an Hélènes Zimmerwand gepinnten Artikel ist er ein »genialer Erzähler, der nicht viel sagt, aber mit seinen mal lustvollen, mal messerscharfen Sätzen stets ins Schwarze trifft«. Einer Literaturzeitschrift aus der Schulbibliothek hat sie entnommen, dass er »die Lehrerlaubnis für Philosophie erworben, sich jedoch für den bequemeren Weg zum Erfolg entschieden hat«. In einem Artikel im *Télégramme* kontert er darauf, die neidischen Kritiker würden nun mal nur tote oder devote Autoren goutieren. »Ich stoße die Literatur von ihrem Podest und trage sie auf die Straße, teile sie mit denen, die sie am nötigsten brauchen. Ich zeige lieber das wahre Leben, als über die Existenz zu grübeln, teile lieber, als zu belehren. Und Krimis erreichen die Leute eben mehr als Philosophie-Lehrbücher.«

Hélène hütet sich, ihm zu erzählen, dass sie all seine Bücher kennt. Dort, wo es ausschließlich um die Obsessionen seines depressiven Detektivs ging, hat sie die Seiten überflogen und stattdessen die Stellen gesucht, in denen sich abseits des Plots ein privater Moment ergab, eine Anekdote, die ihr womöglich einen Einblick in Marguerites Leben verschaffte. Vielleicht wird sie die Bücher nun im Licht ihrer Begegnung unter der Platane erneut lesen, um ihnen auch ein paar Indizien über Raymond zu entlocken.

Sie sieht den beiden zu, wie sie den Champagner austrinken und eine zweite Flasche entkorken. Offensichtlich sind die zwei sich keineswegs bewusst, dass sie einer ganz anderen Welt entstammen. Bei Hélène gibt es Champagner nur einmal im Jahr, an Silvester. Eine einzige Flasche, und die trinkt man langsam, feierlich, wie einen Zaubertrank. Marguerite spricht schnell und viel, ihre Augen funkeln im Halbdunkel. Raymond spricht wenig und langsam, als hätte er, nachdem er alles aufgeschrieben hat, nichts weiter zu sagen.

Der Abend vergeht wie im Flug, Raymond wirkt langsam entspannter, schenkt Hélène nach, fragt sie nach ihrer Herkunft, nach der ihrer Eltern. Dass ihre Vorfahren allesamt aus einem Umkreis von hundert Kilometern zwischen Brest und Morlaix stammen, fasziniert ihn. Er beäugt und befragt sie wie die letzte Überlebende eines ausgestorbenen Volksstamms.

Marguerite zieht schweigend an ihrer Zigarette, und ein Schatten legt sich auf ihr Gesicht. Ihr hat Hélène noch nie von ihrer Familie erzählt, die Literatur war ihnen stets genug. Raymond scheint sich zu füllen, während sie sich leert. Wie die Kolben einer Sanduhr.

»Ich liebe diese Gegend«, sagt Raymond. »Den Wald, das Felsenmeer, die Farben des Himmels. Wenn man hier zur Welt gekommen ist, will man bestimmt nie weg.«

Unter Raymonds Blick fällt Hélène das Sprechen schwer, die Zunge klebt ihr am Gaumen fest.

»Mein Vater findet das auch, aber ich bin mir da nicht so sicher. Ich kenne ja nichts anderes. Man muss die Welt erst mal gesehen haben, bevor man weiß, ob man am rechten Ort ist.«

»Sprechen Sie denn Bretonisch?«, hakt er nach. »Ist doch toll, wenn man zwei Identitäten hat.«

»Nein, meine Mutter wollte es uns nicht beibringen, sie findet, das ist nutzlos. Nur was für Touristen, meint sie.«

Raymond grinst sie an, als hätte dieser Pfeil ihm persönlich gegolten.

»Angeblich ist die Bretagne ja eins der wenigen Matriarchate des Abendlands, was meinen Sie denn dazu?«

»Na ja, zumindest geht bei uns meine Mutter arbeiten, und mein Vater kümmert sich um meine Schwester und mich, aber ich weiß nicht, ob das repräsentativ für die gesamte Bretagne ist.«

Raymond schwärmt weiter:

»In den Dörfern an der Küste wird alles vom Ozean zermalmt, nichts kommt gegen seine Kraft an. Hier im Inland ist die Natur etwas verträglicher, lässt die Menschen neben sich bestehen.«

Hélène muss lachen, vom Champagner enthemmt. Nie hätte sie gedacht, dass ihr Dorf irgendwen zu solcher Wortkunst inspirieren könnte. Da springt Marguerite plötzlich auf, sagt, es sei spät, sie habe zu viel getrunken und Raymond solle Hélène doch bitte nach Hause fahren. Ihr Gesicht wirkt müde, die Mundwinkel hängen. Mit der verlaufenen Schminke sieht sie aus wie eine welke Rose.

Bevor sie gehen, wirft Hélène noch einmal einen Blick zu Lilly. Sie singt, schlägt Rad, dreht sich im Kreis, wirkt federleicht. Die Nacht ist angebrochen, aber niemand schickt sie ins Bett. Marguerites Familie ist ein freier, unabhängiger Planet, losgelöst aus allen Konventionen. Wie gern wäre Hélène bei ihnen aufgewachsen.

Mit Raymond steigt sie in einen großen weißen Jeep. Noch nie zuvor ist sie bei einem Fremden eingestiegen. Der waldige Geruch seines Eau de Cologne weht zu ihr herüber. Ganz leicht könnte sie die Hand nach seiner ausstrecken.

Unterwegs herrscht Stille, abgesehen vom Motor des Jeeps, der knurrt wie in einem amerikanischen Film. So gern würde Hélène irgendetwas Kluges sagen. Sie schaut zum Mond, fleht ihn um Hilfe an.

»Wieso sind Sie eigentlich Schriftsteller geworden?«, platzt sie schließlich heraus und bereut sofort diese banale, indiskrete Frage.

Ein paar endlose Sekunden des Schweigens, dann:

»Statt Feuerwehrmann, meinst du? Ich war schlecht in Mathe und noch schlechter in Sport. Eigentlich wollte ich Priester werden, aber dann hat Gott mich in meiner Jugend verlassen, und ich stand ohne Pläne da, ohne Zukunft. Aus Langeweile habe ich Philosophie studiert und nebenbei ein Notizheft vollgekritzelt, aus dem irgendwie ein Bestseller wurde. Danach bin ich dabei geblieben.«

Hélène denkt an die Stelle dieses ersten Romans, in der er schildert, wie er aus der Schule kam und seine Mutter fand, erhängt an einem Balken in der Scheune. Wie er sie selbst losgebunden und mühsam herabgeholt hat, ehe er den Krankenwagen rief.

Die Stille hat jetzt eine andere Schattierung angenommen, ist schwer geworden wie eine Gewitterwolke. Zum Glück muss sie Raymond im Dorf den Weg erklären.

Nur zu gern würde sie bei ihm bleiben, diesen Augenblick verlängern, ihm weitere Fragen stellen. Ihr ist warm und kalt, sie starrt auf ihre Schuhe, murmelt »Danke, und noch einen schönen Abend«, dann steigt sie aus, ohne ihn noch einmal anzusehen.

In der Küche sitzt ihr Vater, blickt unverwandt ins Leere.

»Hallo, Papa, du bist ja noch gar nicht im Bett. Alles okay?«

»Ich konnte nicht schlafen. Hab mir Sorgen um dich gemacht, weil gerade so viele junge Leute bei Verkehrsunfällen sterben.«

»Ich bin hundemüde, Papa. Bis morgen.«

Sie weiß genau, dass er absichtlich aufgeblieben ist, dass er darauf brennt, alle Details von ihrem Abendessen zu erfahren. Aber sie will jetzt nicht teilen, geht an ihm vorbei und vergisst sogar fast, ihm eine gute Nacht zu wünschen. Sie will den Abend ganz für sich allein Revue passieren lassen.

Die ganze Nacht lang hallt die Stimme von Raymond in ihren Ohren wider, warm und weich wie ein Kaminfeuer.

DAS PARADIES DER DAMEN

Paris, 1947

Wenn ihre Herrschaft am Wochenende aufs Land fuhr, nutzte Odette die gewonnene Freiheit, um durch die große Stadt zu streifen.

Bei den Bouquinisten an der Seine verprasste sie ihr mageres Gehalt. Vor den großen Kaufhäusern in der Rue de Rennes besah sie sich die Schaufensterpuppen und malte sich ein anderes Leben aus. Während elegante Kundinnen an ihr vorbei durch die Tür stolzierten und auf der großen Rolltreppe in der Mitte verschwanden, blieb sie draußen stehen und stellte sich vor, sie sei eine reiche Frau, klug und gebildet, und würde in einem Strudel aus Luxus und Schönheit von Etage zu Etage flanieren. Nie hätte sie gewagt, so ein Geschäft in ihrem alten schwarzen Wollmantel und den abgewetzten Schuhen zu betreten. Wenn die Kälte ihr in die Zehen biss, nahm sie das als Signal zum Aufbruch und zog sich zurück in ihr schlecht beheiztes Zimmer mit dem Waschbecken auf dem Gang.

Doch trotz der harten Arbeit, des mangelnden Komforts und der Einsamkeit gewöhnte sie sich langsam an ihr neues Leben. Auf ihrem Stockwerk unterm Dach wohnte noch ein Hausmädchen aus der Bretagne, aus Paimpol, und die machte ihr Topfkuchen in ihrer gusseisernen Kasserolle und »anständige Pommes frites«, wie sie immer sagte. In gebrochenem Französisch erzählte sie oft von ihrer in der Bretagne gebliebenen Familie, insbesondere von einem mysteriösen Cousin, der ihre Augen zum Leuchten brachte. »Mein Cousin ist bei Renault, mein Cousin war mit mir tanzen«, sagte sie, bis Odette eines Tages aufging, dass »Cousin« bei ihr offenbar so viel wie »Verehrer« bedeutete. Die Nachbarin wollte unbedingt, dass Odette mit ihr zum Ball der Bretonen ging, um sich dort auch einen Cousin zu angeln. Aber Odette schämte sich zu sehr für ihre Kleider, ihre Frisur und ihre Schuhe; bei einem Ball hatte sie nichts verloren. Auf ihrem Stockwerk wohnte außerdem eine fromme Polin, die ihren im Krieg gefallenen Mann betrauerte und regelmäßig zu Séancen ging, um mit dem Verstorbenen zu reden. Die Nähe der anderen Dienstbotinnen fand Odette tröstlich.

Eines Sonntagnachmittags, als sie sich von ihrem kalten Zimmer ein wenig in der Bibliothek von Monsieur aufwärmte, stieß sie dort zufällig auf Émile Zolas Romane über die Familie Rougon-Macquart und las sich sofort darin fest. Von da an verbrachte sie ihre Sonntage nicht mehr mit Streifzügen durch Paris, sondern lesend, tief versunken in dem flaschengrünen Ledersessel ihres Hausherrn. Erst wenn sie den Rosengart der Herrschaft um die Ecke biegen sah, eilte sie wieder nach oben. Dieser Zola und seine bettelarmen, von der Hauptstadt verschlungenen Provinzmädchen, diese Unmöglichkeit, den Umständen zu entkommen, in die man hineingeboren wurde, all das erzählte von ihr, von Odette. Außerdem fand sie bei ihm eine minutiöse Schilderung des Überflusses der Kaufhäuser, die sie in eine Parallelwelt entführte.

Eines Tages kam Monsieur früher von der Landpartie zurück und überraschte sie, bequem in seinen Sessel geschmiegt und so tief in ihre Lektüre versunken, dass sie nicht einmal mitbekommen hatte, wie er ins Zimmer getreten war.

»Ach, Sie können lesen, Marie?«

Odette fuhr hoch, wollte schon zu einer Lüge greifen und behaupten, sie hätte nur Staub gewischt, doch Monsieur schien eher überrascht als wütend. Und lesen war ja schließlich kein Verbrechen.

»Ich war bis zur fünften Klasse auf der Dorfschule. Dann kamen die Deutschen, und die Schule musste schließen.«

»Und du liest gern?«, staunte der Mann.

»Mein Vater hatte eine Bibliothek, vor dem Krieg habe ich da viel Zeit verbracht«, antwortete Odette, leise aber bestimmt.

Er betrachtete sie lang und sagte schließlich:

»Solange Madame nicht im Haus ist, darfst du gerne alles lesen, was hier steht. Aber das bleibt unser kleines Geheimnis, ja?«

Von da an schob er hin und wieder eine dringende Besorgung vor, um am Wochenende nicht mit seiner

Frau aufs Land zu fahren. Er suchte die Gesellschaft seines Hausmädchens, empfahl ihr Bücher und las ihr Passagen daraus vor. An einem Sonntag sagte er, sie sei begabt und würde es noch weit bringen. An einem anderen schenkte er ihr ein Kleid, Schuhe und einen Mantel und verlangte, sie darin zu sehen. Odette wusste weder, wie sie diese Gaben ablehnen, noch, wie sie sich dafür bedanken sollte, war befangen von dem Interesse, das er auf einmal an ihr zeigte. Die Weise, wie er hinter ihrem Sessel stand, während sie las, missfiel ihr zunehmend. Er bestand darauf, ihr Gedichte beizubringen, fasste sie immer öfter an, nahm ihre Hände, strich ihr über die Wange. Schweren Herzens gab sie schließlich ihre Lektürestunden auf, wollte sonntags lieber aus dem Haus und ihre Freundinnen in der Rue de l'Ouest treffen. Den Bällen blieb sie trotz ihrer neuen Kleider weiter fern, denn seit sie wieder mit dem Lesen angefangen hatte, machte die Wirklichkeit ihr Angst, vor allem die Männer.

Eines Abends klopfte es an ihrer Tür, und sie hörte die Stimme von Monsieur.

»Warum kommst du denn gar nicht mehr in die Bibliothek, Marie? Ich habe gestern auf dich gewartet.«

»Ich besuche eine alte, kranke Tante«, log sie.

»Mach auf, ich hab dir Bücher mitgebracht.«

Sie gehorchte. Monsieur stürzte sich auf sie. Sagte ihr, sie sei schön, er liebe sie und sie dürfe Madame kein Wort verraten. Als junges Mädchen hatte sie in ihren Büchern verwirrende Passagen über dieses wunderbare Gefühl namens Liebe gelesen. Nach einem älteren, nach Zigarre stinkenden Mann hatte sich das allerdings nie angehört. Angsterfüllt setzte sie sich mit all ihrer Kraft zur Wehr. Sie hatte schon davon gehört, dass Herren ihren Dienstmädchen unter den Rock wollten. Sie schob ihn von sich, aber er war stärker, und ihr langes Nachthemd rutschte unaufhaltsam höher.

»Na, na, na, ich will dir ja nichts Böses, jetzt lass mich doch mal machen.«

Dann, plötzlich, ein unerhörter Schmerz. Lange Minuten ertrug sie seine schweren Stöße, sein grausiges Stöhnen, bis er sich wie ein Balken streckte und auf sie niedersank. Stumm stand er auf, zog sich die Hose hoch und sagte mit tonloser Stimme:

»Die Bücher liegen auf dem Stuhl.«

Nach diesem Überfall lebte Odette in ständiger Angst. Jeden Abend schob sie ihren Nachttisch vor die Tür, als Barrikade. Wenn ihre Nachbarin bei ihrem Verlobten übernachtete, ließ sie Odette den Schlüssel zu ihrem Zimmer da, und sie suchte dort Zuflucht, um den Feind zu täuschen. Beim leisesten Knarzen der Dielen schreckte sie mit klopfendem Herzen aus dem Schlaf hoch, die beiden Schichten ihrer Nachtwäsche durchgeschwitzt. Nach drei Monaten ohne einen weiteren Besuch von Monsieur glaubte sie sich endlich außer Gefahr; wahrscheinlich hatte er ein neues Opfer gefunden.

Aber eines Morgens hielt heftige Übelkeit sie von ihren Pflichten ab. Ihre verärgerte Herrin rief schließlich doch den Arzt.

»Das Mädchen ist schwanger«, sagte der zu Madame, ohne Odette eines Blickes zu würdigen.

Als er fort war, erklärte Odette ihrer zornesroten Herrin, dass ihr Mann eines Abends in ihr Zimmer gekommen war. Sie habe alles versucht, um ihn von sich zu stoßen, aber er sei zu kräftig gewesen. Madame versetzte ihr eine derart schallende Ohrfeige, dass Odette hintenüberfiel. Dann floh sie in ihr Dachzimmer.

Nach dem Besuch des Arztes sprach Madame kein Wort mehr mit Odette. Sie hinterließ ihr Nachrichten mit Arbeitsaufträgen, richtete es jedoch so ein, dass sie sich nie zur gleichen Zeit im selben Raum aufhielten. Auch Monsieur sah Odette nun kaum noch, und ihr fiel auf, dass er der Bibliothek fernblieb. Abends, wenn sie den beiden das Essen servierte, hielt er den Blick beharrlich auf seinem Teller. Und Odette wusch, schrubbte, scheuerte, schnippelte und beaufsichtigte die Kinder im Park. Vor lauter Scham wagte sie nicht einmal, ihren Freundinnen aus der Rue de l'Ouest von ihrem Zustand zu erzählen. Der war ihr übrigens nicht anzusehen, ab dem sechsten Monat war sie zwar etwas runder um die Hüften, doch ihr Bauch schien fast so flach wie eh und je. Sie dachte daran, wie ihr Vater von Entbindungen auf den Bauernhöfen der Monts d'Arrée erzählt hatte, oftmals im Stall und auf Stroh, weil die Schrankbetten der Bauern zu eng waren. Im Dorf waren auf eine Geburt immer drei Festtage gefolgt, während denen sämtliche Nachbarinnen der jungen Mutter ihre Aufwartung machten, reich beladen mit Geschenken. Oft hatte Odette ihre Mutter zu diesem Geburtsritual begleitet, erinnerte sich gut an die Berge von Leckereien auf dem Tisch, an die Männer, die beim Kartenspiel zusammensaßen, während die Frauen sich um das eingepuckte Neugeborene drängten. Wo mochten Kinder in Paris wohl zur Welt gebracht werden? Odette hatte Angst.

Eines Tages, bei Anbruch des achten Monats, als ihre Kleider langsam spannten, brachte Madame sie zu einer Untersuchung in ein großes, graues, gefängnishaftes Gebäude: die Klinik Saint-Ursuline. Zwei Ordensschwestern in schwarzem Habit mit weißem Kragen und Flügelhauben auf dem Kopf führten Odette zu einem Zimmer und schlossen sie darin ein. Dort blieb sie bis zur Entbindung. Als es endlich so weit war, hörte sie den Schrei ihres Kindes, das eine Schwester mit markantem Kinn ihr nur ganz kurz auf die Brust legte, ehe sie es in einer eisernen Wiege fortbrachte. Gerade so hatte sie noch die Schönheit ihrer Tochter wahrnehmen können, die perfekt geformten Lippen, die zarten Wangenknochen und ihren milchigen Duft. Dann schlief sie lange, und als sie wieder wach wurde, stand die Schwester mit dem markanten Kinn vor ihr, in Begleitung eines Arzts. Unter seinen dichten Augenbrauen lag ein ernster Blick.

»Mademoiselle, ich habe schlimme Nachrichten. Ihre Tochter hatte einen Herzfehler. Die Ärmste hat es nicht geschafft. Sie ist jetzt beim lieben Gott.«

Und im Gehen fügte er hinzu:

»Ach, und wir müssen Ihnen einen Einlauf verabreichen, um den Milcheinfluss zu unterbinden.«

Odette durfte ihr totes Kind nicht sehen; das gehöre jetzt der Wissenschaft, teilte die Schwester ihr in einem Ton mit, der keine Nachfragen zu dulden schien. Zwei Tage später forderte man sie auf, die Klinik zu verlassen. Ohne von ihren Papieren aufzusehen, reichte die Empfangsdame ihr ein von Madame für sie hinterlassenes Kuvert, das zehn Hundert-Franc-Scheine – einen vollen Jahreslohn – enthielt, dazu ein seltsames Empfehlungsschreiben bar des geringsten Lobs.

Zurück vor ihrer Dachstube an der Porte Maillot stellte sie fest, dass man die Schlösser ausgewechselt hatte. In der großen Wohnung brannte Licht, doch als sie klingelte, machte ihr niemand auf. Mit ihrem kleinen Koffer in der Hand fand sie Zuflucht bei ihrer polnischen Nachbarin, der sie den Grund ihrer Ungnade verschwieg.

»Ich war eine Weile zu Hause«, sagte sie nur.

Trauer, Schmerz und innere Leere fesselten Odette ein paar Wochen ans Bett. Die um ihre Gesundheit besorgte Polin bestand schließlich darauf, sie zu einem Heiler zu bringen, in ein winziges Zimmerchen an der Chaussée de la Muette. Der Mann legte ihr die Hand auf Bauch und Schultern, und als er sagte, er spüre die Präsenz eines Kindes, floh sie in die Nacht.

DER DUFT DER MUTTER

Paris

Eine liebevolle Mutter zu sein, fiel Marguerite von Anfang an schwer. Als die Leiterin des Waisenhauses in Saigon ihr Lilly anvertraut hatte, war sie schon drei Monate alt. Gott weiß, was dieses Kind in seinen ersten Wochen durchgestanden hatte. Auf dem zwölfstündigen Flug nach Paris weinte die Kleine ohne Unterbrechung, ehe sie dann am Flughafen Charles-de-Gaulle in Raymonds Armen endlich einschlief. Marguerite nahm daraus das Gefühl mit, zum Trösten eines Babys nicht zu taugen. Voller Angst kümmerte sie sich um Lilly, stand nachts beim leisesten Rascheln aus ihrem Bettchen auf. Lillys Schreie wie die eines hungrigen Tiers weckten tief sitzende Ängste in Marguerite, versetzten sie geradezu in Schockstarre. Das Kind schien das zu spüren, hielt Abstand zu ihr, zog die Arme und den Schoß des Vaters vor.

Mütterliche Zuneigung war Marguerite fremd, denn sie selbst hatte nie welche erfahren. Als jüngstes von drei Kindern war sie im obersten Stock eines Haussmann-Gebäudes im Pariser Westen aufgewachsen, gefangen zwischen einem Beamtenvater, der immer arbeiten war, und einer Hausfrau und Mutter, die sie niemals berührte oder ansah. Die Mutter vergötterte ihre zwei Söhne, ging mit ihnen Karussell fahren, kaufte ihnen Eiscreme und Pralinen, während Marguerite allein in ihrem winzigen Zimmer saß und in den Himmel über den umliegenden Dächern schaute, als wohnte sie zur Untermiete bei der eigenen Familie.

Lange dachte sie, das sei eben das Los eines Mädchens.

Auch ihr Vater war distanziert, doch seine zärtlichen Blicke ließen sie erahnen, dass er sie trotzdem liebte. Heimlich steckte er ihr ein Taschengeld zu, eine astronomische Summe, die sie zunächst für Bonbons, später dann für Bücher und Zeichenutensilien ausgab. Manchmal – aber immer nur, wenn sie allein waren – strich er ihr durchs Haar oder drückte ihr ein flüchtiges Küsschen auf die Stirn, warm und trocken und nach Tabak duftend.

Anfangs beneidete sie ihre stets tadellos frisierten und gekleideten Brüder. Aus ihrem Zimmer am anderen Ende des Flurs hörte sie schallendes Lachen, wenn ihre Mutter sie kitzelte und abküsste. Marguerites Kindheit dagegen war erfüllt von Stille und von Dingen, die niemals geschahen. Ihre Brüder behandelten sie wie eine, die immer da ist, weder als Freundin noch als Feindin, einfach mit derselben, selbstverständlichen Gleichgültigkeit, die ihre Mutter dem Mädchen entgegenbrachte, das sie niemals »Schwester« nannten.

Als sie später aufs Collège kam, erkannte sie jedoch die Vorteile an ihrer Lage. Während die beiden Großen eine katholische Privatschule besuchen und nachmittags zu Hause mit einem strengen Tutor lernen mussten, ging sie auf die staatliche Schule des Viertels. Um vier Uhr war der Unterricht zu Ende, was ihr unendlich viel Zeit zum Lesen, Träumen und Flanieren ließ. Damals fing sie mit dem Malen an. Bald war der Fußboden in ihrem Zimmer übersät mit Studien und Skizzen. Ihre Leinwände zeigten Panoramen des Pariser Himmels, ein Gewirr aus Dachschiefer, Ziegel- und Schornsteinen. In ihren Skizzen verwandelte sich die finstere Porte Maillot in eine prächtige, vom Licht geküsste Kathedrale. Zwar hatte sie nie das Meer gesehen, aber im Sommer, wenn die Pariser aus der Stadt flüchteten und sie allein mit dem Kindermädchen zurückblieb, hörte sie im Baustellenlärm der wachsenden Vorstadt das Rauschen der Wellen. »Du lässt die grenzenlose Weite aus einem Nadelöhr entstehen«, sagte einmal ihr Zeichenlehrer.

Nach ihrem Abschluss schrieb sie sich an der Sorbonne und an der Kunstakademie ein. Im Frühjahr in einem Café am Place Saint-Michel erspähte sie eine große, asketische Gestalt, über einen Flippertisch gebeugt, stahlblaue Augen und zerzaustes Haar: Raymond. Sie erkannten einander sofort, er fünf Jahre älter als sie, ein wortkarger Waise mit polnischen Wurzeln aus der Vorstadt, sie das ungebliebte Kind aus dem Reichenviertel.

Sie tranken einen Kaffee miteinander, teilten sich auf einer Parkbank an der Seine zuerst ein Mittagessen, dann einen Kuss. Zwei Tage später, es war ein Freitag, füllte sie, während ihr Vater bei der Arbeit und ihre Mutter beim Frisör war, zwei Zeichenmappen, nahm einen großen

Koffer vom Schrank, packte ihn mit ihren Büchern voll und stopfte ihre wenigen Kleider in eine Einkaufstasche. Ihren Schlüssel ließ sie auf der Ablage in der Diele, dann zog sie die Tür hinter sich zu und eilte, ohne sich noch einmal umzudrehen, die Hintertreppe hinab zum auf der Straße wartenden Raymond.

Mit ihm entdeckte sie Momente der Leichtigkeit, kindliche Freude und frühlingshaftes Lachen. Und vor allem eine Liebe, im Großen wie im Kleinen, die sie bis dahin nie gekannt hatte. Anfangs schien die simple Tatsache, berührt, umarmt, geküsst, liebkost zu werden, ihr geradezu übernatürlich, beinahe beschämend.

Die beiden bestanden die Zulassungsprüfung für Oberstufenlehrer in derselben Woche, er in Philosophie, sie in klassischer Literatur, und fingen sofort an zu unterrichten. Ein solides, mit geistiger Arbeit ausgefülltes Lehrerleben, bis Raymonds düsteres, schwärmerisches Jugendtagebuch auf einem Verlegerschreibtisch landete und seine Schriftstellerkarriere in Gang setzte. »Morgenlicht und Dämmerung, die Zartheit von Verlain, der Zynismus von Cioran, die Geburt eines Autors«, urteilte der *Figaro.*

Dank des unerwarteten Erfolgs des Buches schwammen sie plötzlich in Geld. Dass ein Tagebuch sich so in Gold verwandelte, kam ihnen dermaßen absurd vor, dass sie es verprassten, als hätten sie es zufällig unter der Matratze einer alten Tante gefunden und müssten schnell alles ausgeben, ehe ein Notar es zurückverlangen konnte.

Die Fotos aus dieser Zeit zeigen ein schillerndes Paar: sie à la Jean Seberg, kurzes Haar, schwarzes Kleid und flache Sandalen, er à la Romain Gary, offenes Hemd, Flanellhose und weiße Rauchschwaden. Nach seinem Fernsehauftritt erkannte man ihn auf der Straße wieder, und sie war stolz, die Frau des jungen Starautors zu sein. Nach der Schule trafen sie sich zum Essen; charmante Kellner brachten ihnen gratis Champagner, und manchmal übernahm der Inhaber sogar die ganze Rechnung, vor lauter Freude darüber, eine solche Berühmtheit in seinem Etablissement zu bewirten. Das war ihre Zeit als »Könige der Welt«. Während ihrer Abende in Saint-Germain-des-Prés erfanden sie ein Spiel: Sie ließ sich von lüsternen alten Schriftstellern angraben, er ertrug geduldig die Lobeshymnen hitziger Verehrerinnen, und wenn es ihnen reichte, genügte ein Blick, und schon löste er sich aus dem Sardinenschwarm, entriss sie den Klauen der frustrierten Männer, und gemeinsam nahmen sie Reißaus in die Nacht, um sich in einem Hauseingang oder einem Park zu lieben.

In das Haus an der Porte Maillot setzte sie nie wieder einen Fuß, doch fünfzehn Jahre später tauchte vor dem Lycée Carnot, an dem sie unterrichtete, eine bekannte Gestalt auf: ihr Vater. Er stand an der Bushaltestelle und wartete auf sie. Unverkennbar der nette Herr von früher, der ihr manchmal heimlich ein paar Münzen zugesteckt hatte, aber älter, gebeugter, zerknautschter.

Nach ein paar verdrucksten Höflichkeitsfloskeln lud er sie auf ein Getränk ein – er, der mit seiner Tochter noch nie auch nur etwas gegessen hatte. Komisch war das, und verwirrend. Sie gingen ins Café um die Ecke, saßen sich unbeholfen gegenüber, zugleich vertraut und wie zwei Fremde. Er brachte kaum ein Wort heraus. Ihn so alt zu sehen, so traurig, schnürte Marguerite die Kehle zu. Sie bereute, ihn in denselben Sack des Vergessens wie die anderen gestopft zu haben. Und war froh, dass er sie nicht vergessen hatte. Er benutzte immer noch dasselbe Parfüm wie früher. Was hatte er ihr mitzuteilen? War er ihr böse, weil sie einfach verschwunden war, ohne das geringste Lebenszeichen? Im Rausch der Flucht und ihres neuen Lebens, das endlich die Leere des alten füllte, hatte sie sich nie mit dieser Frage aufgehalten. Es war offensichtlich, dass er ihr etwas sagen wollte, doch die Worte steckten fest, verschüttet unter dem Gewicht der Angst, der Gefühle, der Gewissensbisse.

Dann, als wäre ein Champagnerkorken aus seinem Hals geploppt, sprudelten die Worte plötzlich aus ihm hervor. Was er da erzählte, hatte sie immer schon geahnt, aber nie zu fragen gewagt: Sie war nicht die Tochter ihrer Mutter. Ihre echte Mutter war eine Hausangestellte, mit der er eine kurze Affäre gehabt hatte. Als seine Frau von deren Schwangerschaft erfahren und er alles gebeichtet hatte, hatte sie das Mädchen vor die Tür gesetzt, das Kind jedoch behalten. Dass ihr minderjähriges Hausmädchen abtrieb, kam nicht infrage. Auf Abtreibung stand damals noch Gefängnis, vor allem aber widersprach es ihrem Glauben. Außerdem hätte sie es nie ertragen, wenn sich so etwas herumgesprochen hätte.

Marguerite spürte, wie sich ein Ungeheuer in ihrer Kehle aufblähte.

»Und warum hat sie mich nicht einfach bei meiner richtigen Mutter gelassen?«

»Um sie zu bestrafen. Oder mich, das weiß ich auch nicht.«

Er reichte ihr ein aus einer Zeitung ausgeschnittenes Foto von einer zarten jungen Frau um die zwanzig, schwarzer Mantel zugeknöpft bis unters Kinn, hochgebundene Zöpfe über den Ohren. Jugendliche Züge, schüchternes Lächeln, aber ein Blick so hart wie Stein.

Hinter ihr die Auslage eines Geschäfts, geschmückt mit einem Schriftzug in Großbuchstaben: »Bretonen von Saint-Denis«.

»Ihr Name war Marie, aber nur, weil wir alle unsere Hausmädchen so nannten. Sie hat gern gelesen, war klug und sensibel, das glatte Gegenteil von meiner Frau. Was später aus ihr wurde, habe ich leider nie erfahren.« Traurig blickte Marguerites Vater in die Ferne. »Ehrlicherweise habe ich es aber auch nicht versucht. Das Foto hier habe ich vom Portier.«

Ein Wirbelsturm der Gefühle überkam Marguerite. So oft hatte sie als Kind davon geträumt, dass ihre Mutter sie in den Arm nimmt, dass ihr Vater mit ihr über den See im Bois de Boulogne rudert. Dass jemand sie durch die Luft kreiseln lässt wie ein Flugzeug. Sie wusste, wie richtige Eltern waren, sie sah sie ja um sich herum. Oft hat sie nach dem Geburtstag eines ihrer Brüder allein auf ihrem Zimmer geweint, weil niemand je auf die Idee kam, den ihren zu feiern; nur ihr Vater steckte ihr manchmal heimlich ein Schokoladen-Éclair oder ein kleines Spielzeug zu. Nach der Schule ging sie hin und wieder einfach irgendeiner fremden Frau hinterher, um das Glück nachzuempfinden, von seiner Mutter abgeholt zu werden. Früher oder später verschwand die Unbekannte jedoch immer hinter einer Haustür und ließ Marguerite allein zurück mit ihrer Leere.

Nun hatte sie also doch eine Mutter, die sie lieben konnte, irgendwo auf dieser Erde. Eine Mutter, die darauf wartete, dass sie an ihre Tür klopfte. Als wäre sie all die Jahre auf dem Internat gewesen und käme nun endlich zurück nach Hause. Sie dankte ihrem Vater für dieses späte, unverhoffte Geschenk, und er wusste mit dem Dank nicht umzugehen. Erst als er mühsam aufstand, wie erschlagen von der Last, die er all die Jahre mit sich herumgetragen hatte, brach Marguerite in Tränen aus. Um sie zu trösten, war es aber längst zu spät; er konnte nicht mehr tun, als ihr wie früher durchs Haar zu streichen, bevor er sich wie ein Schatten zum Ausgang schleppte.

Als der erste Schock verflogen war, schwor sich Marguerite, die junge Marie von dem Foto zu finden: ihre Mutter.

Die Suche versprach lang und schwer zu werden. Nach einigen Treffen mit dem Verein der Bretonen von Saint-Denis, mehreren falschen Fährten, zerschlagenen Hoffnungen und Sackgassen durch verstorbene Zeitzeugen wollte sie schon aufgeben, weil es so lange dauerte.

Den Durchbruch brachte ein Besuch bei Jackie in der Avenue de Stalingrad, einem pensionierten Mitarbeiter der Verkehrsbetriebe. »Klar hab ich Marie gekannt«, sagte der. »Aus der Gewerkschaft, eine tolle Frau. Schön war sie auch und hatte die Nase immerzu in einem Buch. Lang war sie nicht hier, höchstens ein, zwei Jahre, aber das hat schon gereicht, um mich zu verknallen. Bloß war sie nicht leicht zu haben, soweit ich sagen kann. War nicht so richtig interessiert an ... na, Sie wissen schon. Eines Sonntags, beim Ball, das weiß ich noch genau, hat sie uns erzählt, dass sie zurück in ihr altes Dorf in der Bretagne will. Hat mich überrascht, sie schien hier so angekommen. Danach hab ich sie nie wiedergesehen.«

»Ich weiß jetzt, wo meine Mutter ist: in der Bretagne!«, verkündete sie Raymond, als sie mit feuchten Augen und zitternden Händen von ihrer Expedition nach Hause kam. »Was hältst du davon, zur Feier des Tages ein Kind zu machen?«

Raymond blickte von seinem Buch auf, und seine Augen wurden hell wie Glühbirnen. In zwei Jahren des Zusammenlebens, der Uniseminare und der Arbeit an ihren Abschlussschriften, war ein Kinderwunsch bei ihnen nie Thema gewesen. Jetzt, wo Marguerite ihn äußerte, traf er sie beide wie ein Blitz. Marguerite fühlte sich leicht, war froh, das Tabu gebrochen, die so lang verschlossene Tür zwischen ihnen aufgestoßen zu haben.

Aber es kam kein Kind. Sie konsultierten Spezialisten, sogar Psychologen, machten Tests und noch mehr Tests, doch das Urteil fiel immer so kalt aus wie ein Reagenzglas: Marguerite war unfruchtbar.

Damals erfand Raymond eine ihm ähnliche Detektivfigur, die trübsinnig und melancholisch durch die Nacht zieht, inmitten von Prostituierten, Transvestiten und Dealern. Eingeschlossen in sein Arbeitszimmer, bastelte er nächtelang an den Abenteuern seines Kommissars, die sofort Tausende Leser begeisterten. Seinen Beruf als Philosophielehrer hängte er an den Nagel, denn der schien ihm nun sinnlos.

Drei Jahre später trat Lilly in ihr Leben, nahm den gesamten Raum ein und zerstreute Marguerites Bedürfnis, ihre Mutter zu finden. Bis zu jenem Augustmorgen, an dem Lilly auffiel, dass sie weder Großvater noch Großmutter hatte. »Und nicht mal eine ›richtige‹ Mutter«, wie sie schluchzend hinzufügte. Da beschloss Marguerite, dass es an der Zeit war, ihre Herkunft zu ergründen.

Sie rief Jackie noch mal an, um mehr zu erfahren:

»Die Bretagne ist groß, Sie erinnen sich nicht zufällig noch an den Namen dieses Dorfs?«

»Ach, das ist so lange her … Ich glaube, sie hat irgendwas von einem Wald gesagt …«

»Brocéliande vielleicht?«

»Nein, das wüsst ich noch. Irgendwas über einen oberen oder unteren Wald oder so, und über ein Dorf im hintersten Winkel der Bretagne. Weit hinter der Endstation der Metro, hat sie gescherzt.«

Nachdem Marguerite sich mit einer Landkarte und einer Liste von Ortsnamen fast die Augen ruiniert hatte, schien ihr nur ein Ort einigermaßen zur Erinnerung des alten Manns zu passen: ein Kaff namens Bois d'en Haut, Oberwald, im Département Finistère.

An der Uni Brest war keine Stelle frei, aber das Lycée des Städtchens suchte eine Vertretungslehrerin für Französisch.

DER TOD GEHT UNS NICHTS AN

Bois d'en Haut, Juli 1994

Der Juli in Bois d'en Haut ist endlos. Nach einem trüben Tag, an dem die Sonne bloß hin und wieder kurz und heiß aufscheint, ehe sie sich wieder hinter einer Wolkenbank versteckt, tritt sie abends blendend grell hervor, zeigt allen, wer das Sagen hat, und will anscheinend niemals untergehen. Dann bewundert man stumm den ockergelben, roten Himmel, bummelt, schlendert, fühlt sich unsterblich.

Jeden Morgen gegen elf klingelt Yannick bei Hélène. Bis zum Abend streifen sie umher, Hüfte an Hüfte oder Hand in Hand, und küssen sich hinter den Büschen. Yannick spielt nicht den düsteren, weltschmerzgeplagten Jugendlichen. Gelassen wie ein Hinkelstein versichert er sie seiner Liebe und scheint die Kraft ihrer Verbindung kein bisschen zu bezweifeln. Baden im eisigen Bach, Spazierengehen im Wald, Mittagsschlaf unter den schwarzen Weiden – das Leben ist schön an diesem Ferienanfang.

Hélène wäre zu gern verliebt, doch die Magie will sich nicht einstellen. Alles, was sie tun, scheint ihr von anderen geliehen, jedes zärtliche Wort aus romantischen Komödien abgekupfert. Vertraut und nett ist die Beziehung schon, aber weit entfernt vom Donnerschlag, nach dem sie sich sehnt.

Yannick schmiedet Pläne für sie beide:

»Nach dem Abschluss gehen wir nach Brest, ich studiere Pharmazie und du Literatur, dann ziehen wir wieder her.«

»Hast du keine anderen Träume, als die Apotheke deiner Eltern zu übernehmen?«

»Nein, wieso?« Er zieht seine Hand zurück. »Mein Traum ist, hier mit dir alt zu werden, da, wo ich zur Welt gekommen bin.«

Sie schweigt, ist nachdenklich, und er fährt fort:

»Du musst nicht mal arbeiten. Häng das nicht an die große Glocke, aber mit dem Geld, das meine Alten auf der hohen Kante haben, und dem, was die Apotheke abwirft, können wir leben wie die Könige.«

Hélène spürt, wie der Riss zwischen ihnen zur Kluft wird. Er hat überhaupt kein Interesse daran, die Welt zu entdecken. Trotz des Unterrichts bei Marguerite, trotz all der Bücher und der Philosophie, wird er die Apotheke übernehmen, und sein Leben wird unbeirrbar in seiner Bahn bleiben wie der Rivière d'Argent in seinem Flussbett. Sie denkt an ihren Vater, der oft sagt: »Geh unbedingt arbeiten, verdiene deine Brötchen selbst, wie deine Großmutter und deine Mutter, und mach dich vor allem nie abhängig von einem Mann.«

Ihr Vater klagt seit einigen Tagen, sein Gedächtnis lasse nach. »Ich erinnere mich an meine Kindheit vor vierzig Jahren. Aber nicht an den Namen des Briefträgers. Obwohl ich ihn täglich sehe.« Er spricht in kurzen Sätzen, wie aus Angst, sich zu verhaspeln. Immer öfter schweigt er ganz. Normalerweise schleichen Hélène und ihr Vater sich an derart schönen Tagen heimlich davon, um in dem Becken unterhalb des Wasserfalls zu baden, was eigentlich verboten ist, seit dort vor langer Zeit jemand unter rätselhaften Umständen ertrank. Während ihr Vater mit seinem Kescher nach Krabben fischt, schwimmt Hélène langsam auf dem Rücken, nimmt sich die Zeit für perfekte Züge. Sie lässt sich von der Sonne kitzeln, streckt sich aus wie eine langarmige Göttin und wünscht, der Augenblick möge für immer andauern. Dann treibt die Strömung sie zum Wasserfall, sie lässt sich unter Wasser spülen, taucht wieder auf und hält sich an einem Felsen fest. Ihr Vater hat sich nicht gerührt; einen Eimer in der Hand, balanciert er auf einem Stein, konzentriert sich auf den Strom des durchsichtigen Flusses. Manchmal singt er die Refrains von Kirchenliedern, um die Krabben anzulocken:

Gepriesen seist mein Schöpfer du
Für dies Wunder, das ich bin
So viele Schätze gibst du mir
Und meinem Leben Sinn.

Hélène glaubt längst nicht mehr an Gott, aber die Vorstellung, ihren Vater zu enttäuschen, findet sie furchtbar, also singt sie lauthals mit. Ihr Vater hat ihr beigebracht, wie man sich ins kalte Wasser wagt, wie man in aller

Ruhe vor einem Wildschwein zurückweicht, wie man nach einem Sturz sofort wieder aufs Pferd steigt. Doch in diesem Sommer leidet er unter Migräne, hat keine Kraft zum Fischen.

Eines Abends, als sie mit Yannick vom Schwimmbad beim Campingplatz kommt, bemerkt sie Raymond, der mit seinem Jeep Cherokee an einem Stoppschild steht. Ihre Blicke treffen sich, sie winkt ihm zu. Er winkt zurück und braust davon. Yannick zetert über »den Vollpfosten in seinem Jeep, der glaubt, er sei in Paris«, sie zuckt nur mit den Schultern. Aber ihr Herz klopft wie verrückt. Da ist er, der Donnerschlag.

Wieso zieht uns, wo ein friedliches Glück uns einladend die Hand hinstreckt, so oft das Abgründige, Seltsame, Schwierige an?

Ein paar Tage später berichtet sie Yannick ganz aufgeregt:

»Rate mal, wer mich angerufen hat: Marguerite!«

»Und?«

»Sie wünscht sich, dass ich nachmittags auf ihre Tochter aufpasse. Sie muss den ganzen Monat Prüfungen in Brest abnehmen und fürchtet, dass die Kleine sich langweilt. 30 Francs pro Tag, nicht übel, oder?«

Yannicks Miene verfinstert sich.

Jeden Tag um 14 Uhr setzt Yannick sie mit dem Roller vor dem Herrenhaus ab und kommt abends wieder, um sie abzuholen. Hélène bekommt Marguerite kaum zu sehen, denn die ist dann immer schon fort, und Raymond verkriecht sich die meiste Zeit in seiner Hütte. Anfangs hält sie noch nach ihm Ausschau, hofft, ihn zu sehen, ihn zu berühren, an das Gespräch aus dem Auto anzuknüpfen. Jeden Morgen nach dem Haareglätten wählt sie sorgfältig ein T-Shirt und eine passende Jeans aus, aber nichts geschieht. Raymond verlässt seine Hütte nur, um Proviant aus der Küche zu holen. Mehrmals hat sie allerdings den Eindruck, dass er sie beobachtet, spürt Blicke oder einen Schatten hinter sich, der ihr zuwinkt, wenn er aus seiner Höhle kommt. Sie fragt Lilly über ihren Vater aus. »Papa ist Schriftsteller, den dürfen wir nicht stören.«

Eines Nachmittags, die Sonne brennt besonders stark, veranstalten die zwei im Garten einen Akrobatik-Wettbewerb, bei dem Hélène versucht, wie Lilly auf den Händen zu gehen. Frustriert gibt sie sich mit einem windschiefen Handstand zufrieden, bei dem ihre Beine zappelnd das Gleichgewicht halten. Da taucht – verkehrt herum – Raymond auf, und sie strengt sich noch mehr an, bemerkt jedoch, dass ihr das T-Shirt runterrutscht, ihr Nabel schon zu sehen ist und bald auch das schweißfeuchte Band ihres BHs. Das ist zu viel für sie: Sie kippt um wie ein gefällter Baum. Raymond beugt sich über sie und hilft ihr hoch.

»Wie geht's euch zwei Korriganen?«, fragt er fröhlich. »Wem sagt ihr heute die Zukunft voraus? Also falls ihr mit eurer Macht die Mücken und die Wespen verjagen könntet …«

Er streckt die Hände zum Himmel, und unter seinem

Shirt kommen die dunklen Härchen unten am Bauch zum Vorschein. Hélène schaut rasch zu Seite.

Er spricht mit Lilly und ihr, als wären sie eine im Reich der Kindheit festgeschweißte Einheit. Gern würde sie darauf hinweisen, dass Lilly zehn ist und sie schon fast siebzehn, dass sie all seine Bücher und noch viele weitere gelesen hat, ihn auffordern, mit ihr zu sprechen wie mit einer Erwachsenen, ohne diese dümmlich-süßliche Nachsicht in der Stimme. Stattdessen lächelt sie verkniffen. Raymond runzelt die Stirn, wie von der ganzen Wucht ihrer Wut getroffen. Dann wendet er sich seiner Tochter zu:

»Wie wär's mit einem kleinen Snack im Haus des Ogers?«

Lilly reißt triumphierend die Arme hoch und hüpft vor Freude, klammert sich schließlich am Bein ihres Vaters fest. Vater und Tochter schwanken zur Hütte, wo Raymond sich bücken muss, um durch die Tür zu kommen.

Seit sie die Nachmittage hier verbringt, hat Hélène mehrfach von dieser Hütte geträumt. Ein Ort im Nirgendwo, vom Garten nur durch etwas Wald getrennt, und dennoch unerreichbar. Sie jetzt zu betreten, kommt ihr frevelhaft vor. Gegen das Prickeln im Bauch und die zitternden Hände versucht sie einen Trick, den Mamie Alexine ihr beigebracht hat: Sie lauscht auf ihren Herzschlag. Aber ihr Herz macht einfach, was es will.

Auf der Schwelle hält sie inne, stutzt. In ihrer Fantasie hatte sie einen in warmes Licht getauchten Raum gesehen. Stattdessen steht sie nun vor einer düsteren, miefigen Abstellkammer mit grobem Bretterboden und einer nackten Glühbirne an der Decke wie im Werkzeugschuppen ihres Vaters. Seltsam, hier zu arbeiten, in diesem schummerigen Licht, wo es im Haus so viele große, helle Zimmer mit Blick auf den Wald gibt.

»Enttäuscht?«, fragt da Raymond. »Passt nicht so recht zum Schriftstellermythos, was?«

»Nein, nein, es ist bloß so dunkel hier drin.«

»Ja, meistens arbeite ich bei geschlossenen Läden, damit meine Figuren mir nicht weglaufen. Ich sperre sie lieber ein, bevor sie sich im Wald verirren.«

»Und fliegen Ihre Geschichten Ihnen einfach so zu?«

Lächelnd reicht er ihr ein Glas Wasser.

»Gott, nein, ein Martyrium ist das, sie mir auszudenken. Ich habe lang darauf gewartet, dass die Muse mir ins Ohr flüstert. Aber sie ist nie gekommen.«

»Aber wenn man erst mal Erfolg hat, wird es leichter, oder?«

»Schlimmer! Mit dem Erfolg kommt auch das Hochstapler-Syndrom. Jeden Morgen wacht man auf und fürchtet, man könnte entlarvt werden.«

Im Halbdunkel macht sie ein Sofa aus, einen riesigen Fernseher und einen Computer. Auf einem Regalbrett über dem Schreibtisch sind Bücher aufgereiht, auf dem Boden steht ein winziger Kühlschrank. Die Vorstellung, Raymond könnte hier richtig wohnen, stimmt sie fröhlich.

An die Wand über dem Schreibtisch sind mehrere

Fotos gepinnt. Ein Paar in Schwarz-Weiß – seine Eltern vielleicht? Lilly, die in einer Hängematte schläft. Hélènes Blick bleibt an einem Bild von Raymond und Marguerite hängen: schön, jugendlich frech, grinsend wie zwei Räuber nach einem gelungenen Coup. Während Lilly auf dem Sofa Purzelbäume schlägt, betrachtet Hélène die Bücher auf dem Wandbrett, alles von amerikanischen Krimis bis zu Klassikern der Philosophie. Sie will ihn lieber nicht ansehen, das wäre, als würde sie direkt in die Sonne schauen. Eine neben dem Computer liegende Bibel macht sie stutzig, und sie fragt:

»Glauben Sie denn doch wieder an Gott? Ich meine … ich will nicht aufdringlich sein … aber ich dachte …«

»Dass ich vom Glauben abgefallen bin?«, sagte er ohne den leisesten Anflug von Verlegenheit. »Stimmt. Mit der Aussicht auf Erlösung würde es sich einfacher durchs Leben gehen. Aber nein, ich glaube nicht an irgendwas danach. Da gibt's nichts zu erhoffen oder zu fürchten. Wir sind ein Weilchen hier auf Erden, und das war's.«

Er nimmt ein dünnes Büchlein aus einer Schublade, blättert kurz darin und liest dann eine eselsohrige Seite vor: »Der Tod geht uns nichts an, denn solange wir existieren, ist der Tod nicht da, und wenn der Tod da ist, existieren wir nicht mehr. Der Mensch sollte den Tod nicht fürchten, sondern gar nicht an ihn denken, denn er kommt niemals mit ihm in Berührung.«

Er reicht ihr das Buch, Epikurs *Brief an Menoikeus.*

»Hier, du darfst es dir gern ausleihen.«

Hélène muss daran denken, dass der Tod im Dorf allgegenwärtig ist. Rings um die Kirche liegt der Friedhof, der wiederum von einem der berühmtesten Buschwälder Frankreichs umschlossen wird, in dem seit dem Krieg zahlreiche junge Männer ruhen. Bei ihr werden die Toten geehrt, man bedenkt sie mit Blumen und widmet ihnen Messen. Und man fürchtet den Abschied von den Lebenden.

»Okay, unseren eigenen Tod können wir vergessen, aber mit dem Tod der anderen kommen wir ja wohl schon in Berührung. Menschen werden uns gegeben und genommen, das ist schrecklich.«

Seine Miene verzieht sich wie vor Kummer.

»Ja ... Und dagegen hilft leider gar nichts. Weder die Zeit noch Literatur oder Philosophie. Unsere Toten tragen wir überall mit uns herum.«

Auf einmal bleibt Hélène die Luft weg. Raymond schwitzt. Ihr ist, als täte sich der Boden unter ihren Füßen auf, sie dankt ihm für das Buch und eilt davon, schiebt Lilly vor sich aus der Hütte. Die Kleine mustert sie erstaunt und läuft voraus in den Garten.

Als sie sich am Abend vor dem Tor auf Yannicks Roller schwingt, bemerkt sie, wie Raymond sie hinter dem Vorhang stehend beobachtet. Sie zieht den Helm auf und spürt unter ihrer Jacke warm das Buch von Epikur, dicht an ihrer Brust, wie eine Hand aus Papier.

NACHFORSCHUNG

Eines Abends, auf dem Heimweg von Brest, fährt Marguerite bei der Lokalredaktion des *Télégramme* vorbei, froh darüber, endlich einen Termin bei einer Journalistin bekommen zu haben.

Sie zeigt ihr das Foto ihrer Mutter und schildert die dürftigen Hinweise, die ihre Nachforschungen bisher ergeben haben.

»Wir sind eine Tageszeitung, Madame, kein Anzeigenblatt«, seufzt die junge Frau, deren Blick unablässig zu den AFP-Meldungen huscht, die auf ihrem Amstrad vorbeitickern.

»Natürlich, aber das Schicksal meiner Mutter, die es aus ihrer bretonischen Heimat nach Paris verschlagen hat, wo man ihr das Kind wegnahm, wäre doch sicherlich interessant für Ihre Leser, oder?«

Ein höfliches Lächeln, dann:

»Verzeihen Sie, wenn ich das so offen sage, aber Geschichten wie Ihre habe ich schon dutzendfach gehört, seit ich hier arbeite. Massenweise junge Frauen aus der Gegend, die nach Paris geschickt und dort von bösen Großbürgern geschwängert wurden. Ihre Mutter genießt inzwischen bestimmt ihre Rente irgendwo in der Bretagne und hat die ganze Sache längst vergessen.

Können Sie sich vorstellen, was ihr Mann, ihre Kinder und ihre Enkel sagen werden, wenn sie dieses Foto in der Zeitung sehen? Den Skandal in ihrem Dorf? Die Leute hier legen viel Wert auf ihre Ruhe, wissen Sie. Leichen lässt man hier lieber im Keller. Außerdem ist Ihre Mutter vielleicht schon lange tot ...«

Was sollte Marguerite sich erhoffen? Eine Mutter auf dem Friedhof oder eine in einem schönen Bauernhaus, mit Familienfotos auf dem Kaminsims? Fotos, auf denen sie nirgends zu sehen ist ...

Die Weigerung der Journalistin stürzt sie in tiefe Resignation: Ist diese ganze Suche nichts als Spinnerei? Womöglich weiß diese Frau nicht einmal, dass es sie gibt. Schön dumm war das, zu glauben, ihre Mutter säße seit fast fünfzig Jahren auf der Türschwelle und warte auf sie. Tausendfach hat sie von ihrem Wiedersehen geträumt, davon, wie sie sich auf den ersten Blick erkennen und wortlos in den Arm nehmen würden. Lilly und sie sehen im Fernsehen immer gern die herzzerreißenden Berichte über Katzen, die ihre Besitzer noch nach jahrelanger Trennung am Geruch erkennen oder viele Kilometer zurücklegen, um sie zu finden. »Alles klar, meine Waisenmädchen?«, scherzt Raymond dann immer liebevoll. Er weiß, dass diese Lücke zwischen den beiden eine besondere Verbindung schafft. Wenn die Stimme aus dem Off das Wiedersehen zwischen Katze und Besitzer verkündet, weinen sie jedes Mal vor Glück. Doch die Pfade des Lebens sind offenbar verschlungener als die einer Tierreportage.

Sowohl aus Mitleid als auch aus dem Wunsch heraus, die lästige Leserin vom Hals zu haben, sagte die Journalistin schließlich:

»In Bois d'en Haut könnten Sie es mal bei der alten Alexine versuchen, der Kräuterfrau, die dort das ganze Dorf verarztet. Wenn eine weiß, ob Ihre Mutter hier irgendwo ist, dann sie. Aber sagen Sie bloß nicht, dass ich Sie geschickt habe, ich will damit nichts zu tun haben, verstanden?«

KELTENHOCHZEIT

Am Tag des Heiligen Joel, dem Vorabend des Nationalfeiertags am 14. Juli, bereitet Mamie Alexine sich in klebriger, für die Gegend ungewöhnlicher Hitze auf eine etwas andere Hochzeitsfeier vor.

Um ihre Brötchen zu verdienen, ist sie Druidin geworden, organisiert nun Trauungen für Touristen aus England, Belgien oder Japan, die für ein »echt keltisches Erlebnis« viel Geld bezahlen. Was diese Touristen nicht wissen: Die Angabe auf den Flugblättern, die Mamie Alexine in den Fremdenverkehrsämtern der Gegend auslegt, ist hunderprozentig echt. Sie besitzt tatsächlich ein Diplom von der Druidenschule in Pont-l'Abbé, wo sie zuerst eine dreijährige Initiation absolviert und nach weiteren drei Jahren den Titel einer echten Druidin erworben hat. Sie rühmt sich, die erste Druidin der Region zu sein; nur etwa fünfzig weitere haben ein richtiges Diplom, und nur eine Handvoll von denen sind Frauen.

Françoise und Hélène geben ihre Assistentinnen, sie schleppen die Ausrüstung und beladen den 2CV mit Plunder für die Touristen: Fahnen, Plüschhermeline und Triskele-Medaillons. Für die beiden Schwestern ist so ein Hochzeitsnachmittag mit Mamie Alexine ein großer Spaß, ein Talisman gegen die Langeweile. Hélène hat

Françoise zwei mit Bändern geschmückte Zöpfe gebunden, mit denen sie eher Pippi Langstrumpf gleicht als der mittelalterlichen Prinzessin, die sie eigentlich verkörpern soll.

Nachdem sie über einen sonst nur gelegentlich von Traktoren genutzten Waldweg geholpert sind, halten Mamie Alexine und ihre Enkelinnen vor einem imposanten Hinkelstein inmitten einer Lichtung. Dort warten schon drei Kameraden der Großmutter, Alan, Denez und Jobic, ausstaffiert mit langen römischen Togas und Sandalen. Bei den ersten Trauungen haben Mamie Alexine und ihre Freunde nur ein simples Keltenkreuz um den Hals getragen, aber die Brautleute forderten für ihre Fotos weiße Roben und lange Bärte. Seither tritt sie auf wie eine dicke griechische Göttin, und ihre Kollegen sehen aus wie Miraculix.

Das Ritual beginnt. Ihren Eichenstab in den Händen, deklamiert Mamie Alexine ihre seltsamen Psalmen, erst auf Bretonisch, dann auf Französisch. Hélène kennt den Ablauf in- und auswendig: die Reinigung des Ortes, das Ziehen des Schutzkreises und erst dann der Segen für das Brautpaar. Françoise strahlt vor Stolz und applaudiert im Takt mit den Familien von Braut und Bräutigam. Die vier ehrwürdigen Druiden bilden auf der Wiese einen Kreis und drehen sich drei Mal im Uhrzeigersinn, um das heilige Tor zu öffnen. Eine kleine Gästeschar tritt hinter sie, und aus dem Autoradio von Denez' Kastenwagen ertönen Harfenklänge, steigen in den Himmel auf und zeigen an, dass die Verlobten in den Kreis treten sollen. Die beiden sehen aus wie einer Folge von *Keltische Legenden* entsprungen: sie in einem bestickten Kleid und mit Blumen und Disteln bekränzt, er gekleidet wie ein Gallier aus dem Geschichtsbuch.

Im Schneidersitz neben dem Kreis sitzend, sehen die beiden Schwestern gelassen dem vorhersehbaren Ablauf der Zeremonie zu, als Hélène in der Menge plötzlich Lilly bemerkt, die von der anderen Seite des Kreises aus mit dem Finger auf sie zeigt.

Ein Aufeinandertreffen dieser beiden Welten – der Folklore und des Herrenhauses, der Vernunft und des Aberglaubens – hat sie hier nicht erwartet. Am liebsten würde sie sich in irgendeinem Loch verkriechen, wäre lieber lebendig begraben, als von den dreien hier gesehen zu werden.

Wenige Minuten später sitzt Lilly auf ihrem Schoß, und ihre Eltern neben ihr.

»Wir haben im *Télégramme* gelesen, dass hier eine druidische Trauung stattfinden soll, das wollten wir uns gern mal ansehen«, flüstert Raymond ihr zu.

Selbst inmitten all der Leute und des Geruchs nach gegrilltem Speck, der ihr in der Nase kitzelt, erkennt sie sein waldiges Parfüm wieder. Ein zartes Lächeln huscht ihr über das Gesicht. Ganz neue Gefühle entdeckt sie an sich, ist sich plötzlich ihres Körpers bewusst, ihrer Arme, ihrer Gesten, jedes Worts, das ihr über die Lippen kommt, sie weiß nicht mehr, wohin mit ihren Händen, ihrem Haar, und in ihrem Unterleib macht sich sonderbare Wärme breit.

Marguerite sieht staunend zu, wie die Brautleute sich einen feierlich mit dem vergoldeten Messer der Druidin geschnittenen Apfel teilen und einander die gesegneten Ringe auf den kleinen Finger der linken Hand stecken. Eine Drehung des Kreises in der Gegenrichtung schließt das Portal des heiligen Ortes. Nach dem Ritual kommt Mamie Alexine herüber, und Hélène muss sie wohl oder übel alle miteinander bekannt machen. Gestern hat sie die Kräuterfrau noch als stolze Enkelin zu deren Hausbesuchen auf den Höfen begleitet. Heute sieht sie vor sich nur eine alte Frau, gezwängt in einen lächerlichen Aufzug, mit einem grauen Dutt auf dem Kopf und billigen, klimpernden Armreifen.

Alexine duzt die beiden ohne Umschweife und knuddelt Lilly.

»*Nom de gui,* was bist du *moutik,* meine Hübsche!«, ruft sie mit breitem Lachen, und Hélène bemerkt zum ersten Mal ihre grauen, schiefen Zähne.

Der Frischvermählte kommt dazu und fällt Mamie Alexine freudig um den Hals:

»Madame, seit meiner Kindheit bin ich Asterix-Fan, Sie haben meinen Traum wahr werden lassen. Ich hab gehört, das gallische Dorf ist hier ganz in der Nähe.«

Hélène ist nicht ganz sicher, ob er das als Witz gemeint hat, will ihm fast antworten, dass sie in dem Dorf wohnt, lächelt ihn dann aber an, wie Mamie es ihr beigebracht hat. *Denk dran, je zufriedener die sind, desto dicker ist danach der Umschlag.*

»Ich wollte unbedingt was Authentisches«, bekräftigt seine Angetraute, eine lockige Brünette mit Akzent aus Marseille. »Wir dachten auch an eine Schamanen-Trauung auf Bali, aber Indonesien ist ja so teuer. Und dieses Wetter, toll, alle haben uns erzählt, hier würde es die ganze Zeit nur regnen, aber heute ist's ja fast schon *zu* heiß!«

Mamie Alexine gibt sich für ein paar Fotos mit der Familie des Brautpaars her, und Hélène stellt sich vor, wir ihr Porträt als keltische Priesterin in Zukunft hoch über den Dächern von Paris thronen wird.

Marguerite und Raymond hören geduldig zu, wie ein Mann in weißer Toga – Alain der Zimmermann – ihnen erläutert, dass Druiden sich für eine freie, aufrechte Menschheit einsetzen.

»Das klingt fantastisch«, sagt Marguerite. »Also quasi eine Art Humanismus noch vor der Renaissance!«

Hélène merkt ihr an, dass sie das ernst meint. Überwältigt vom primitiven Gebein der Bretagne. Wie Touristen in einem Pygmäen-Reservat.

Mamie Alexine nimmt Marguerite am Arm, und die beiden Frauen gehen hinüber zum Bankett. Zum ersten Mal wird Hélène richtig bewusst, wie grotesk dieser foklorististische Mummenschanz ist. Sie will allein sein, verkriecht sich in dem 2CV. Schlägt eine Fliege an der Scheibe tot. Was haben Marguerite und Raymond auch hier aufzukreuzen, mit ihrem hochnäsigen Blick auf alles? Und was muss ihre Großmutter den beiden ihren Budenzauber aufdrängen?

Als Kind wollte sie Mamie Alexines Hand am Markttag gar nicht loslassen, bezog die an sie gerichteten Grüße und Dankesworte der Dorfbewohner auf sich selbst. Wenn die Kräuterfrau in der Scheune ihre Sprechstunde abhielt, kurvte ihre Enkelin mit dem Fahrrad um den Hof und schaffte es immer, genau dann scharf vor der Tür zu bremsen, wenn sie gerade ihre Patienten verabschiedete. »Meine Enkelin Hélène«, stellte Mamie sie dann stets vor, und die erwiderten immer, Hélène sei offensichtlich ein sehr aufgewecktes Kind. Und kniffen sie in die Wange.

Nach allgemeiner Ansicht war Mamie Alexine früher einmal eine wunderschöne junge Frau gewesen, die bei der Sonntagsmesse den ganzen Hormonhaushalt der Bauern durcheinanderbrachte. Sie war die Jüngste einer Schar von sechzehn Kindern, Absolventin der Mädchenschule und wenig angetan von der Vorstellung, irgendeinen Bauern aus der Gegend zu heiraten. Stattdessen ging sie an ihrem siebzehnten Geburtstag nach Quimper, um Krankenschwester zu werden. Als sie gerade für die Staatsprüfung lernte und sich darauf einstellte, mit ihrem Verlobten, einem jungen Arzt, ins Bigoudenland zu ziehen, rief ihre kranke Mutter sie nach Hause. Ihr Vater war nie aus der Kriegsgefangenschaft zurückgekehrt, und ihre mit der Arbeit auf dem Feld beschäftigten älteren Brüder konnten nicht zugleich den Hof bewirtschaften und sich um ihre Mutter kümmern. So ließ die junge Alexine – vorläufig, wie sie glaubte – ihre Ausbildung und ihren Verlobten zurück, um ans mütterliche Krankenbett zu eilen. Im Dorf stellte sie jedoch bald fest, dass sie schwanger war – schwanger und unverheiratet, ein großer Skandal. Sie schrieb ihrem Verlobten und erhielt zur Antwort einen Brief von ihrer Schwiegerfamilie, der die Verlobung löste, nebst zwei gefalteten Hundert-Francs-Scheinen. Sie brachte eine Tochter auf die Welt – Hélènes Mama – und pflegte ihre Mutter in ihren drei letzten, schweren Jahren. Danach brachte sie es nicht über sich, ihre Brüder zu verlassen.

Obwohl sie als Einzige aus der Familie eine Ausbildung hatte, stellte Alexine ihre Jugendjahre in den Dienst des Hofs und trug dann einen nach dem anderen ihre älteren Geschwister zu Grabe. Trotz des harten, eintönigen Alltags, ausgefüllt mit dem Melken der Kühe, der Pflege der alten Stute und dem Kochen für ihre Geschwister, hörte man sie niemals klagen. Auch für Papierkram und Finanzen war sie zuständig. Früher sahen Hélène und ihre Schwester sie stets auf den Beinen, wie sie ihren von den Feldern heimkehrenden Brüdern Kaffee und Räucherspeck servierte. Als Erste wach, als Letzte im Bett.

Beim Versorgen der Tiere und ihrer Brüder hatte sie in sich eine Gabe als Heilerin erkannt, die nichts mit ihrer Ausbildung zu tun hatte. Das sprach sich bald herum, und die Leute suchten sie von weit her auf, damit sie ihre ausgekugelten Schultern einrenkte, ihre Arthritis kurierte oder Rückenschmerzen linderte. Nach dem Tod des letzten Bruders konnte sie den Hof endlich aufgeben und sich ganz ihrer Gabe widmen. Mit ihrem grauen 2CV machte sie Hausbesuche bei Patienten, die sich weder daran störten, dass die Krankenkasse deren Kosten nicht übernahm, noch an der Schärfe oder Bitterkeit der Mittel, die sie ihnen in Form von Tränken, Breiumschlägen oder großen Glasspritzen aus ihrem Schwesternköfferchen verabreichte. Wer kein Geld hatte, bezahlte mit einem Huhn oder einem Hasen, mit Artischocken oder Brennholz. Doch als sich in den Achtzigern ein richtiger Arzt im Ort niederließ und jüngere Paare aus der Stadt herzogen, schrumpfte ihr Patientenstamm dahin, und wer sie heute noch aufsucht, hat vorher schon alles andere versucht.

Geheiratet hat sie nie, die Tochter allein großgezogen, den Hof geführt und Mensch und Tier gepflegt. Der Gemeinderat – dem sie nie angehören wollte – fragt sie um Rat bei wichtigen Entscheidungen und hört ihr Orakel an, ohne zu murren.

Aber heute schämt Hélène sich für ihre Großmutter – und schämt sich, dass sie sich schämt.

Im Auto schwitzt sie vor sich hin, als plötzlich jemand an die Scheibe klopft: Draußen steht Raymond und strahlt sie an.

»Du wirst doch an so einem schönen Tag nicht nur im Auto sitzen wollen! Komm lieber zum Bankett, der Bräutigam hat recht, genauso wie bei Asterix ist das, nur das Wildschwein fehlt.«

»Hab keine Lust.«

So sanft, als läse er in ihr, sagt er:

»Schon toll, diese Alexine, die Seherin der ganzen Gegend, du bist bestimmt stolz auf sie.«

Hélène zuckt mit den Schultern.

»Ja, schon. Ist doch normal, dass man stolz auf seine Familie ist, oder?«

»Weiß ich nicht. Meine Großeltern haben sich nie verstanden. Sobald sie Publikum dafür hatten, brachen sie einen Streit vom Zaun. Lachen habe ich sie nie gehört, außer, wenn sie sich übereinander lustig machten.«

Ein Schatten verdunkelt seinen Blick, dann lächelt er wieder.

»Alexine ist stolz. Die lässt sich nichts vorschreiben, genau wie du. Jetzt komm, sonst machen sich die anderen noch Sorgen.«

Hélène steigt aus, geht neben Raymond zum Bankett, das vor einer Höhle auf der Lichtung angerichtet wurde. Sie gleitet über den Teppich aus Laub, genießt die kühle Waldluft. Um sie herum schallen Stimmen und Gelächter durch die Luft. Die Bäume selbst scheinen zu feiern, die Mittagssonne verleiht den Pflanzen Zitrustöne, lässt sie präriegrün leuchten. Mitten in einem Lichtstrahl neben Lilly sitzend, sieht Marguerite die zwei lächelnd vorübergehen. Ein ungewohntes Funkeln blitzt da in ihren Augen auf, feindselig beinahe. Ist sie böse auf Hélène, weil sie mit ihrem Mann redet? Oder weil sie nicht mehr mit ihr spricht, abgesehen von ein paar Banalitäten zum Abschied, wenn sie aus Brest zurückkommt? Aber abends wartet eben immer Yannick vor dem Tor, und die beiden kriegt sie schwer zusammen.

Plötzlich ein Blitz und eine Druckwelle. Hélène wird zu Boden geworfen, sieht eine Rauchwolke in den Himmel steigen. Inmitten eines Trümmerregens steht sie wieder auf. Näher an der Explosion liegen Menschen reglos auf dem Boden, übersät mit Hautfetzen und schwarzen Flecken. Die Mulde, wo das Fleisch gebraten wurde, ist nur noch ein qualmender Krater. Ein schwerer, beißender Geruch erfüllt die Luft. Durch den dichten Rauch hält Hélène Ausschau nach ihrer Großmutter und ihrer Schwester.

TRÄGE FÜSSE

In der Küche einer Crêperie in Berrien stehen sich drei Männer gegenüber, einer blass, einer ein Häufchen Elend, der dritte rot vor Wut.

»Männer, was habt ihr da bloß für einen Mist gebaut? Ihr solltet den Sprengstoff *verstecken,* verdammt noch mal, nicht eine Hochzeit in die Luft jagen!«

»Das war ein Unfall, Fanch, ein Unfall. Das Zeug hätte nie hochgehen sollen«, erwidert Denez, der Druide. Sein Arm steckt in einer Schlinge, um den Kopf trägt er einen dicken Verband.

»Ein Unfall? Scheiße, seit wann versteckt man Sprengstoff an einem Grillplatz?!«

»Das war meine Schuld«, sagt Yannick, den Blick am Boden festgenietet. »Devez hat gesagt, ich soll ihn in die Höhle bringen, aber da habe ich kein Versteck gefunden. Nirgendwo konnte man graben, ist alles aus Fels. Also dachte ich: Dann eben vor der Höhle. Zwischen drei so großen Felsen war eine Mulde, da würde man's leicht wiederfinden, hab ich gedacht und das Zeug dort vergraben. Nie im Leben hätte ich geglaubt, dass einer da ein Feuer anzündet, außer Wildschweinen geht da doch sonst keiner hin.«

»Und du, Denez, du organisierst Hochzeiten auf

Sprengstoffdepots? Findest du wohl ganz normal, oder?«

»Ich wusste nicht, dass Alexine die Lichtung kennt. Sie hat ein schattiges Plätzchen gesucht, wegen der Hitze. Außerdem dachte ich, das Päckchen liegt sowieso in der Höhle, ich hatte ja keine Ahnung, dass dieser Idiot es draußen verbuddelt hat ...«

Beschämt glotzt Yannick auf die Fliesen der Crêperie. Das war das letzte Mal, dass er auf diesen semisenilen alten Knacker gehört hat. Er hat Fanch enttäuscht, hat sich für einen Helden der Schatten gehalten, sich jedoch als Pechvogel Gaston entpuppt. Am liebsten hätte er sich in Luft aufgelöst, wäre durch die Fugen der Fliesen verschwunden und für alle Zeit vergessen worden.

»Jetzt halten uns doch alle für die letzten Schweine!«, brüllt Faunch.

»Nur die Ruhe, weiß ja keiner, dass wir das waren«, will der alte Denez ihn beruhigen.

»Ach nein? Und was ist mit den Basken? Die sehen das garantiert im Fernsehen. Was sag ich denen jetzt? Tschuldigung, wir bräuchten leider noch mal etwas Plastiksprengstoff, der andere ist dummerweise von alleine hochgegangen? Wir versprechen auch, ihn nicht mehr ins Feuer zu werfen? Leute, wo lebt ihr denn, hm?«

»Jetzt mach mal halblang«, brummt Denez, »es gab ja keine Toten, ist doch alles noch mal gut gegangen ...«

»Noch mal gut gegangen?«, fährt Fanch auf. »Fünf Verletzte, und einer davon schwer! Seit wann jagen Bretonen andere Bretonen in die Luft?«

»Da waren ja nicht bloß Bretonen. Den Kopf von dieser Trulla aus Marseille hätte ich gern in einer Baumkrone gesehen. Und ihren bescheuerten Verlobten mit seinem Gallierkostüm gleich mit.«

»Und dieses Pariser Paar war auch dabei, das, von dem wir neulich sprachen«, fügt Yannick hinzu. »Die sind echt ein legitimes Ziel, reinrassige Kolonisatoren, arrogant, eingebildet ... Die Alte hält sich für eine richtige Missionarin unter Wilden!«

»Schluss mit dem Blödsinn!«, schreit Fanch. »Ihr tickt doch nicht ganz richtig! Jahrelanger Kampf und dann so was! Ein Anschlag auf eine Hochzeit, hat man so was schon gehört? Mit Nichtsnutzen wie euch würden die Iren noch heute der Königin den Arsch küssen.«

Dann beruhigt er sich schlagartig.

»Gut, fassen wir zusammen. Wir haben kein Gramm Plastik mehr, aber bald die Bullen im Nacken – und jetzt? Soll ich den Laden dichtmachen? Wieder Flugblätter auf Wochenmärkten verteilen?«

»Ich hab eine Idee«, platzt Yannick da hervor, auf einmal wieder munter. »Denez hat schon recht, die Explosion hat nicht nur die Falschen getroffen. Wir müssen nur sagen, dass es uns um die kommerzielle Ausbeutung der bretonischen Folklore ging.«

»Halt's Maul, Yannig«, donnert der alte Druide. »Wag es ja nicht, das Kommerz zu nennen, du Depp hast doch keine Ahnung. Hältst dich mit deinem Schulbretonisch für Alan Stivell. Von einem Apothekersöhnchen, das von unseren Kassenbeiträgen lebt, brauchen wir keine Lektionen.«

»Und ich brauch von dir keine …«

»Schnauze!«, fällt ihm Fanch ins Wort. »Mir reicht's jetzt mit euch. Ich hau ab, und ihr auch. Wir gehen nach Hause, halten schön die Klappe und wissen von gar nichts. Und zucken nicht mal mit der Wimper, bis sich das beruhigt hat. In der Zeitung war die Rede von einem alten Depot der Résistance, beten wir, dass die Bullen das auch so sehen. Sonst könnt ihr euch schon mal auf Weihnachten in Fresnes freuen, im Knast. Also, *kenavo,* und bleibt sauber.«

DAS WACHTELEI

»Hast du das Match von Agassi gesehen? Der hat den anderen in Grund und Boden gespielt!«

Das war der Moment – ein paar Tage vor der mündlichen Prüfung in Französisch –, in dem Hélène anfing, sich Sorgen um ihren Vater zu machen. Das Match gegen Roland-Garros hatte Agassi in vier Sätzen verloren. Irgendwas war da nicht in Ordnung. Aber Hélène war zu beschäftigt mit Lernen, hielt sich nicht lange damit auf. Ihr Vater wurde eben alt, war müde, weiter nichts. Und dann trat Raymond in ihr Leben, nahm ihr Denken völlig in Beschlag.

Jetzt, am Morgen nach der Explosion, am Sonntag, steht ihr Vater im Hausflur und starrt minutenlang das Schlüsselbrett an. Als er ihren fragenden Blick bemerkt, sagt er:

»Ich suche meine Zahnbürste, in diesem Durcheinander weiß ich gar nicht mehr, welches meine ist.«

Hélènes Mutter, die mit entsetzter Miene in der Haustür steht, nimmt ihre Tochter beiseite:

»Seit ein paar Wochen zieht er beim Gehen das Bein nach, wirkt ständig deprimiert. Die Witwe Tanguy hat mir erzählt, dass er im Laden schon mehrmals die Einkäufe verwechselt hat. Seit gestern redet er wirres Zeug, als hätte er den Verstand verloren.«

Eine Stunde später will er wissen, was sie im Wartesaal der Notaufnahme von Carhaix verloren haben.

»Ich will nicht zu spät zur Messe kommen«, sagt er, steuert schon den Ausgang an, nimmt dann aber wieder auf dem Plastikstuhl Platz, als wüsste er in Wahrheit ganz genau, was sie hier wollen.

Als sie endlich aufgerufen werden, bittet der diensthabende Arzt sie in sein winziges Sprechzimmer und feuert in sachlichem Ton eine lange Fragensalve auf sie ab. Hat er Valium genommen, Xanax oder Bromazepam? Irgendwelche Drogen? Zigaretten oder Alkohol? Hélène entgeht nicht, dass er von ihm in der Vergangenheit spricht. Ihre Mutter schüttelt immer nur den Kopf. Mit jeder Frage igelt sie sich etwas mehr auf ihrem Stuhl ein, wie um vor der befürchteten Katastrophe in Deckung zu gehen. Hélènes Vater lächelt den Arzt erst freundlich an, doch dann fliegt sein Blick zum Fenster hinaus, ist ganz woanders, völlig unbeteiligt.

Sechs Stunden und ein CT später fällt das Urteil: Hirntumor.

»Sehen Sie, diese graue Masse hier links, das ist der Tumor, etwa so groß wie ein Wachtelei«, sagt der Weißkittel. »Ob er gut- oder bösartig ist, lässt sich jetzt noch nicht sagen«, fügt er hinzu, glaubt offenbar, damit den Schock abzumildern.

Dann: »Hier können wir das nicht behandeln, er muss nach Brest.«

Auf dem Weg nach Brest hat Hélène Zeit, ihr Leben Revue passieren zu lassen: eine glückliche Kindheit, strenge, aber gerechte Eltern, Erfolg in der Schule, belanglose Liebeleien. Jetzt wird es auf einmal ernst, und sie hat Angst. Wenn andere von Unglücksfällen erzählten, hat sie immer eine mitfühlende Miene aufgesetzt – das war alles weit weg von ihr, aber jetzt trifft es sie mitten ins Herz.

Als ihre kleine Schwester auf die Welt kam, wollte ihr Vater für die Kinder da sein, sich ins Schul- und Gemeindeleben einbringen. Damals, in den Achtzigern, gingen Väter morgens aufs Feld, ins Büro oder die Fabrik, kamen abends erschöpft nach Hause, streckten die Füße unter dem Tisch aus und entkorkten eine Flasche Wein, mit den Regionalnachrichten von FR3 als Hintergrundberieselung. Hélènes Vater arbeitete als Ingenieur in einer Fabrik, die Decoder für den Pay-TV-Anbieter Canal+ herstellte, und brachte jeden Abend ein lustiges, nutzloses Elektrogerät mit, das er tagsüber nebenbei gebastelt hatte. Ihm war dort stinklangweilig. Mit nur dreiunddreißig Jahren kündigte er ohne jede Vorwarnung.

Von da an war er derjenige, der vor der Schule auf seine Töchter wartete, ihre Hausaufgaben kontrollierte, ihnen ihren Nachmittagssnack gab und sie badete. Sein Universum schrumpfte auf Haushalt und Familie zusammen, und die Schwestern gewöhnten sich daran, auf Schulformularen »nicht berufstätig« zu schreiben, wenn danach gefragt wurde. Häufig wurden sie mit dem Unverständnis ihrer Lehrer und Nachbarn konfrontiert: War er denn krank, fand er keine neue Stelle, hatte er eine Depression? Hinter einer Existenz als Hausmann verbarg sich immer etwas. Zwei Jahre in Folge bekamen sie Besuch von einem Steuerprüfer, weil irgendwer aus dem Dorf den Vater angeschwärzt hatte, überzeugt, er würde irgendetwas Illegales treiben und Einkünfte verheimlichen. Ihr Vater zuckte die Achseln und forderte seine Töchter auf, es ihm gleichzutun. »Gerede muss man abstreifen wie ein Unterhemd«, sagte er grinsend. Aber im Collège hätten Françoise und Hélène es doch lieber gehabt, ihr Vater wäre Landwirt, Kaufmann, Arbeiter oder Beamter gewesen wie alle anderen aus ihrer Gegend.

Etwas später, als die Meinung der anderen ihnen nicht mehr so viel ausmachte, erkannten sie das Opfer, das er für sie erbrachte. Der eintönige Alltag, die Langeweile, die sich breitmachte, sobald der Frühstückstrubel sich legte. Dieses millimetergenau geregelte Leben, zweimal die Woche Markt, sonntags Kirche, Spaziergänge im Wald, Krabbenfischen am Fluss. Genau das habe er gewollt, erklärte er, ein Paradies sei das, doch den beiden entging keineswegs, wie er die Zeit totschlagen musste. Dass sie sich in der Schule anstrengten, war da das Mindeste.

Beim Endspurt vor den Prüfungen übernahm er die Rolle des Tutors. In der Küche saßen Vater und Tocher einander viele Stunden gegenüber, während die zwei anderen die Nachrichten und Kommissar Maigret schauten. Er ließ Hélène ihre Unterlagen so oft von A bis Z laut vorlesen, bis sie zu einem Teil ihrer selbst wurden.

Natürlich wusste er, dass sie da alles schon längst auswendig kannte, doch es war eine Art Spiel für sie beide, ein kostbarer, gemeinsamer Moment. Andere hätten seine Bemühungen übergriffig gefunden, ihr verliehen sie Flügel.

Eines Abends kam er sie am Lycée abholen, wollte sich bei Marguerite bedanken, *für alles, was Sie für Hélène getan haben.* Letzterer war schon ein wenig peinlich, wie er da in seinem alten schwarzen Mantel stand, mit unsicherer Stimme, doch Marguerite lächelte ihn aufrichtig an, ließ ihre makellosen Zähne blitzen, *eine ausgesprochen kluge Tochter haben Sie, Glückwunsch.*

Hélènes Vater quittierte das mit einem simplen Nicken, doch seine Augen leuchteten vor Stolz. Dann, offenbar ermutigt von Marguerites Lächeln, bat er sie um Lektüretipps: Seit der Schule habe er kein Gedicht mehr gelesen, wolle jetzt wieder damit beginnen, wisse aber nicht so recht womit. Sie riet ihm zu Prévert, *der ist perfekt zum Wiedereinstieg in die Lyrik.*

Trotz seiner Liebe zur Literatur hatte er als junger Mann dem elterlichen Wunsch entsprochen, Naturwissenschaften zu studieren. Erst war er Mathematiklehrer, dann Ingenieur geworden, hatte sich auf diesem Weg aber nie recht wohlgefühlt. Als Hélène ihm das erste Mal von ihren Französischstunden erzählte, wurde ihr Schatz auch zu seinem. Eifrig schrieb sie im Unterricht jedes Wort, jeden Scherz, jede Anekdote mit, um sie später ihrem Vater vorzulegen, der sich gierig darauf stürzte. Wie hypnotisiert verschlang er ihre Mitschriften, und hinter seinen leuchtenden Augen erahnte Hélène einen Strudel aus Jubel und Melancholie.

Im Krankenhaus in Brest schickt man sie von einem Professor zum anderen. Hélène hält ihrer Mutter die eiskalte Hand, spürt, dass sie jeden Moment den Halt zu verlieren droht. Also übernimmt sie selbst die Fragen: Muss er leiden? Welche Behandlungen kommen infrage? Ist es heilbar? Die Ärzte blicken ihr nicht in die Augen. Ein schlechtes Zeichen. Laut dem Assistenten muss man sofort operieren, laut dem Chefarzt ist es dafür noch zu früh. Worte wie Bestrahlung und Chemotherapie schwirren ihnen um die Köpfe. Wieso machen die einem nur solche Angst, wo das, was sie bezeichnen, einen doch heilen soll? Langsam wird ihr klar, dass der Krebs die Ärzte ebenso hilflos macht, wie er die Kranken ängstigt.

Zurück zu Hause mit ihrer Mutter – ihr Vater musste in der Klinik bleiben – konsultiert sie den Abschnitt über Hirntumore in dem medizinischen Lexikon, das sie auf dem Jahrmarkt gewonnen hat. Die Ärzte verraten ihr eindeutig nicht die ganze Wahrheit, also sucht sie sie in Büchern. Der Begriff »Lebenserwartung« stimmt sie nicht sehr hoffnungsfroh. Schnell überblättert sie die Seiten mit Statistiken, die ihm nicht die kleinste Chance lassen, drei Monate vielleicht, bestenfalls sechs. Endlich findet sie, was sie gesucht hat, ohne es zu wissen: einen Abschnitt über Überlebende. Das Nirvana ist aus Zeugnissen von Wundergeheilten gemacht. »Die Ärzte haben mir einen Monat gegeben – fünf Jahre ist das her, und ich bin immer noch da. Geben Sie nichts auf Statistiken, die sind nur Unkenruferei. Sie sind ein einzigartiges Individuum, keine Übung in Wahrscheinlichkeitsrechnung.« Sie versteckt das Buch unter dem Bett und holt es jeden Abend hervor, schnupft eine Dosis Hoffnung, spritzt sich Wunder, baut sich auf durch die Schilderung alternativer Therapien mit »nicht anerkannter, aber vielversprechender Wirkung«.

Im Nachbarort gibt es einen hundertsiebenunddreißig Tonnen schweren Felsen, den Menschenkraft zum Wackeln bringen kann. Touristen kommen von weit her, um diese lokale Kuriosität zu bestaunen, den zitternden Felsen. Hélènes Vater lehnt sich gern mit dem Rücken an eine ganz bestimmte Stelle dieses Steins, und schon geschieht das Wunder: er dreht sich. Hélène und ihre Schwester kennen dieses Spielchen bestens, und doch gelingt es ihm jedes Mal wieder, die beiden mitzureißen, Spannung zu erzeugen. Wer wird den Kampf Mensch gegen Natur diesmal gewinnen? Schwere Steine in die Luft zu heben, ist in ihrem Dorf völlig normal. Wie Obelix, wie Gargantua, wie ihr Papa.

Und jetzt der Krebs. Wir Bretonen aus dem Inland sind stärker als er, sagt sich Hélène, dem werden wir's schon zeigen. Bald schon, davon ist sie überzeugt, wird auch ihr Vater in einem Buch von seiner Wunderheilung erzählen und der langen, namenlosen Reihe zukünftig Betroffener ein wenig Trost spenden. Er wird von seinem heldenhaften Kampf berichten, neben einem Foto von ihm im Kreis der Familie, mit erhobenem Daumen und einem Lächeln auf den Lippen. Ihr Vater ist unzerstörbar.

DER BESUCH BEI DER ALTEN DAME

Unweit des qualmenden Explosionskraters hielt Marguerite die Hand von Alexine, die in ihrer blutigen Toga auf dem Boden lag. In der Ferne ertönten Sirenen. »Halten Sie durch«, flüsterte sie der alten Frau zu, »der Krankenwagen ist gleich da.« Ihre große, schwielige Hand zu spüren, jagte ihr einen wohligen Schauer durch den Körper, wie wenn man nach einem kalten Regen in warmes Badewasser steigt. Da machte die Alte etwas Seltsames: Mit dem Zeigefinger nahm sie einen Tropfen Blut auf, der ihr über den Arm rann, und strich damit wortlos über Marguerites Lippen.

Gehen Sie zu Alexine, der Kräuterfrau, hatte die Journalistin gesagt, *die kennt jeden im Dorf.* Und dann war die alte Alexine vor ihr im Gewand einer Druidin aufgetaucht und hatte sich auch noch als die Großmutter ihrer Lieblingsschülerin entpuppt. Wenn das kein Wink des Schicksals war.

»Hélène hat mir viel von Ihnen erzählt«, hatte sie der Alten nach der Zeremonie gesagt. »Ich würde Sie gern kennenlernen.«

»Dein Schmerz hält dich gefangen«, hatte Alexine mit ihrem fröhlichen, stechenden Blick erwidert.

»Komm mich die Tage mal besuchen und bring grobes Salz mit, dann nehm ich ihn dir ab.«

Schweren Herzens sah Marguerite zu, wie man die Frau in den Krankenwagen lud, die womöglich ihre Mutter finden und sogar ihren Schmerz von ihr nehmen konnte. War das Leben nur eine Abfolge von Illusionen, von denen eine zur nächsten führte? Wenn Alexine starb, könnte sie dann bis zur nächsten durchhalten?

Wenige Tage später ist Marguerite mit dem Auto unterwegs zu dem Ort namens Moulin de la Vierge, wo Alexine wohnt. An der Zufahrt zum Hof zeigt ein Fels in Form eines Dinosauriers jedem Besucher an, dass er in eine fremde Welt eintritt.

Die Heilerin erwartet sie schon auf der Schwelle, gekleidet in eine Bauernbluse, ein schweres Knäuel krausen weißen Haars über einem dicken Stirnverband. Sie trägt den linken Arm in einer Schlinge und humpelt ein wenig. Mit der guten Hand drückt sie Marguerite das Handgelenk und mustert sie dabei aus ihren schwarzen Augen.

»Wie ist dir so?«, fragt sie und fährt angesichts der sprachlosen Marguerite direkt fort: »*Nom de gui!* Was bist du schick, da sieht man gleich, dass du aus Paris bist. Komm mit, ich zeig dir 'nen Schatz. Aber langsam, meine Beine wollen noch nicht richtig nach dem verflixten Knallfrosch.«

Schweren Schrittes führt sie Marguerite zu einem Tunnel aus durchsichtigem, von Metallbögen gestütztem Plastik, der auf den ersten Blick fast einer Hüpfburg ähnelt. Gebückt schiebt sie ihren schweren Leib durch die Tür, und Marguerite folgt ihr. Offensichtlich handelt es sich bei dem Zelt um eine Art Gewächshaus: Fliesenboden, Wasserbecken, tropische Temperaturen. Auf Hängebrettern stehen Untertassen mit Orangen-, Apfel- und Bananenschnitzen. Alexine überprüft die Temperatur und tauscht behutsam zwei alte Orangenviertel gegen neue aus.

Da leuchtet ihr Gesicht auf einmal freudig auf. Von der frischen Süße angelockt, flattert ein Schwarm grauer Schmetterlinge herbei wie defilierende Segelboote vor einer Regatta. Von Zeit zu Zeit breitet einer beim Trinken die Flügel aus und gibt die bläulich-violette Oberseite frei. Ein ergreifendes Schauspiel, wie diese Insekten in Sekundenschnelle zwischen aschfahlstem Grau und schillerndstem Blau changieren. Die Alte zeigt ihr auch die Raupen, glänzend schwarze Larven, nicht breiter als ein Daumennagel, die bald schon azurblaue Prinzen sein werden. Einige haben sich schon vor ein paar Wochen verpuppt und werden demnächst ihre Flügel ausbreiten. Im Bann dieses Spektakels nennt Alexine jeden einzelnen der Schmetterlinge beim Namen.

Marguerite bekommt kaum noch Luft. Sicher, all die Raupen und Puppen verkörpern den Kreis des Lebens, sehr poetisch ist das alles, aber heute wird ihr davon übel. Weiß die alte Druidin überhaupt noch, dass sie hergekommen ist, um Antworten auf ihre Fragen zu erhalten, nicht um über Entomologie zu fachsimpeln?

Die beiden Frauen verlassen das Gewächshaus, und Alexine nimmt Platz auf ihrem Schemel. Sie ist so füllig und der Schemel so klein, dass man meint, er müsse jeden Augenblick unter ihrer Last zusammenbrechen, doch die zwei scheinen sich gut zu kennen und aufeinander einzustellen.

»Sagen Sie, Alexine, wieso sieht diese Gegend hier aus wie ein Steinfeld? Und was sollen all die Tierköpfe, die aussehen, als steckten sie im Fels fest, im Wald, an Ortseinfahrten und in den Gärten?«

»Ach, hier gibt's halt viele Geheimnisse«, sagt Alexine mit tiefer Stimme und runzelt die Stirn.

Lächelnd und mit in die Ferne schweifendem Blick erzählt sie, die allgegenwärtigen Felsblöcke seien eine Rache von Gargantua. Enttäuscht von der schmalen Kost, die ihm die Einheimischen boten, hat er sie mit riesigen Steinen bombardiert. Und die Tierfiguren? Eine List des von einem Nachbarn besiegten Landesfürsten, der seine Tiere lieber in Stein verwandelte, als sie seinem Rivalen auszuliefern.

Sie schließt die Augen, und Marguerite wartet geduldig, dass sie weiterspricht, als plötzlich ein Gewitter losbricht und die beiden Frauen rasch ins Haus flüchten.

»Zieh mal lieber deine Joppe über«, rät die Kräuterfrau, »sonst holst du dir noch was, ist frisch heute.«

Das Haus ist niedrig und mit Stroh gedeckt, das Schrankbett hat vergoldete Nägel, der Fußboden besteht aus gestampfter Erde. Auf dem einzigen Regal aus lackiertem Holz thronen Keramikschalen mit eingravierten Namen und Dutzende mit bunten Flüssigkeiten gefüllte Phiolen. Eine Hummel brummt selbstbewusst umher, bis sie sich in dem honiggelben Band verfängt, das von der Decke hängt.

»Kennen Sie vielleicht die junge Frau hier auf dem Foto?«

Die alte Dame setzt ihre dicke Brille auf und betrachtet lange das Bild. Marguerite meint zu bemerken, wie ihre Miene versteinert.

»Wo hast du das denn her?«

»Das ist die Mutter einer Freundin, ich glaube, sie wohnt hier in der Gegend, aber die Adresse kenne ich nicht.«

»Hm, sie erinnert mich tatsächlich an jemanden, aber das kann nicht sein, die hat kein Kind gehabt.«

Enttäuscht überreicht Marguerite ihr den mitgebrachten Beutel Salz. Die Alte wechselt das Thema, hat offenbar nichts mehr dazu zu sagen.

»Mach dich frei und leg dich auf den Tisch«, befiehlt sie.

In ihrer feinen Spitzenunterwäsche streckt Marguerite sich auf dem schweren Eichentisch aus wie ein Baby auf dem Wickeltisch. Alexine reibt sie mit dem Salz ein, breitet eine Decke über sie, legt ihr die Hand ein Stückchen über der Brust auf und verharrt dann eine endlose Weile in dieser Stellung, als würde sie beten.

Mit einem Mal wird Marguerite ganz warm, sie schwitzt, sie gähnt, sie weint. Als sie wieder wach wird, ist es bereits dunkel, und sie ist schlaff, aber entspannt.

Es ist, als wäre alle Angst aus ihren Poren gewichen. Die Alte ist fort. Sie faltet die Decke zusammen, lässt ein paar Scheine auf dem Tisch liegen und verlässt still den Hof.

Früh am Morgen saust sie mit dem Rad noch einmal zur Kräuterfrau, will sich unbedingt bedanken, ihr sagen, dass sie sich so leicht wie eine Feder fühlt und stark wie ein Ochse.

Vor dem Haus erkennt sie den Lieferwagen der Witwe Tanguy wieder. Die alte Eule und ihre hinterhältigen Fragen kann sie jetzt gar nicht gebrauchen. Sie versteckt sich hinter einer Linde und wartet darauf, dass sie an der Reihe ist. Durchs offene Fenster hört sie Alexines Stimme:

»Was nimmst du? Einen Saft? Was Süßes?«

»Ja gern. Rate mal, was ich gehört hab: Scheinbar kriegt die Suzon jetzt die Pension von ihrem Mann bezahlt, der angeblich auf See geblieben ist.«

»Ist doch normal, dass die als Seemannswitwe was kriegt, die Suzon.«

»Ach wo, ich weiß doch genau, was da los war, von wegen auf See geblieben, besoffen in den Hafen gefallen ist der Kerl, als er in Brest aus dem Bistro raus ist. Mir schon klar, wieso die hergezogen ist, am Hafen haben die sich sicher schön das Maul zerrissen.«

Hinter dem sich nun breitmachenden Schweigen erkennt Marguerite die perverse Genugtuung der Witwe Tanguy, die sich freut, dass ihre Offenbarung der Nachbarin die Sprache verschlägt.

Die giftige Händlerin fährt fort:

»Du weißt ja, dass ihr Sohn auch nicht mehr ist. Wegen dem Krebs. Ich sag's dir, die wartet nur drauf, dass sie selber an die Reihe kommt, die Suzon. Komische Familie.«

Eine Weile herrscht drückende Stille, dann:

»Also, mich geht das ja nix an, aber diese Pariser, die sieht man auch nie in der Kirche.«

»Müssen die selber wissen.«

»Was macht der noch mal? Schriftsteller? Also bei uns gibt's so was nicht ... Sind wohl nicht gut genug für die, wie's aussieht ...«

»Ach, man soll nicht hinter allem gleich das Schlimmste vermuten.«

»Die Leute reden schon. Der alte Denez hat's mir erzählt. Stell dir vor, scheinbar tändelt der feine Herr Schriftsteller mit deiner Hélène! Da hat sie sich ja 'nen schönen Vogel angelacht.«

»Wie, mit meiner Hélène? Du lieber Gott, das ist ja was.«

»Die sollen wieder dahin, wo sie hergekommen sind. Und zwar schnell. Seit die da sind, steht hier alles kopf. Und deine Hélène wird auch ganz komisch.«

»Ach du liebe Güte!«

»Die müssen weg, sag ich dir. Besser heut wie morgen.«

Dieses Miststück, denkt Marguerite, sogar hier stellt die mir nach – dieser Schlange werd ich's zeigen!

Sie schwingt sich auf ihr Fahrrad und fährt über den Feldweg entlang des alten Hofs davon.

Wenig später steht sie in der Apotheke vor dem Vater ihres probretonischen Schülers. Der Schulleiter hat sie in die Geheimnisse der angesehenen Familie eingeweiht: »Bei den Carious hat die Mutter die Hosen an. Der Vater hat zwar das Diplom und sie ist bloß PTA, aber das weiß keiner. Die Kunden lassen sich von ihr beraten, er sitzt stumm hinter dem Schalter und mischt Rezepturen. Sie hat aus der Apotheke eine halbe Drogerie gemacht. Er ist Pharmazeut und kein Parfümverkäufer, aber ihr war das egal. Mir scheint, dass Yannick mit seiner Bretonen-Obsession seinen Vater rächen will, ihm seinen Stolz zurückgeben, auch wenn ihm das selbst nicht klar ist.«

Marguerite schenkt Yannicks Vater ein schüchternes Lächeln, das zu sagen scheint: Ich weiß genau, wer hier der Chef ist. Er nimmt ihre Bestellung in eisigem Schweigen entgegen. Ob die sich abgesprochen haben? In seinem Blick liest sie denselben Ausdruck wie in der Miene seines Sohns, der Witwe Tanguy und ihrer Kollegen an der Schule, eine latente Gewalt, die sagt: Verschwinden Sie von hier, Sie haben hier nichts verloren. Marguerite nimmt ihre Medikamente und schlägt die Tür hinter sich zu.

Was haben die nur alle gegen mich?, denkt sie. Ist das Eifersucht? Stolz? Sollen sie doch allesamt verrecken mit ihrer Schweigsamkeit, ihren winzigen Schrankbetten und ihren Häusern aus Granit, soll dieser verfluchte Regen sie doch alle ersäufen, damit sie sich ihre Hortensien von unten anschauen können. Marguerite muss dringend ein Stückchen zu Fuß gehen.

Der Schulleiter hat ihr auch von der Mädchenschule erzählt, einer 1890 errichteten, mittlerweile stillgelegten Anstalt der Gemeinde, in der Generationen von Frauen aus der Gegend ihre Schulbildung erhalten haben. Aus dem gesamten Kanton und sogar von weit her im Département haben die Eltern ihre Töchter, die später Beamtinnen, Lehrerinnen oder Krankenschwestern werden sollten, auf diese säkuläre Schule geschickt – eine der wenigen ihrer Art in einer Region, in der primär auf Jungen ausgerichtete katholische Privatschulen das Schulwesen bestimmten. Sie war eine der Schulen, die es dem noch um die Jahrhundertwende kaum alphabetisierten Département ermöglicht hatten, eine eigene Elite auszubilden und in den Siebzigern ganz oben in der landesweiten Rangliste der besten Prüfungsleistungen zu stehen. Jeden Morgen kommt Marguerite an dem Gebäude vorbei, das hinter seinen Mauern fast aussieht wie eine Burg. Seit ein paar Monaten prangt unter dem Giebel ein riesengroßes »Zu verkaufen«-Schild.

Als sie jetzt aus der Apotheke kommt, beschließt sie, einen Blick hineinzuwerfen. Das schwere Eisentor zum Hof ist abgesperrt, doch aus dem Haus gegenüber kommt ihr schon ein junger Mann entgegen. Jacques-Henri, wie er sich vorstellt, wohnt hier und führt die seltenen Neugierigen herum. Halb Hausmeister, halb Makler, wird er von der Gemeinde dafür bezahlt, das Baudenkmal instandzuhalten und idealerweise irgendwem anzudrehen, der dämlich genug ist, sich in 10 000 hausschwammverseuchte Quadratmeter zu verlieben, die bei jedem Unwetter ein Vermögen für neue Dachziegel kosten. Doch das verrät er Marguerite erst später. Beim Gang durch den Hof erzählt er wortreich, wie er an der Kunstakademie von Quimper studiert und dann das Haus seines Urgroßvaters geerbt hat, des Architekten der Mädchenschule. Dann schließt er die schwere Pforte auf. Drin scheint alles noch genauso auszusehen wie in den Sechzigerjahren.

Marguerite besichtigt die Schlafsäle und Klassenräume, stellt sich den Speisesaal erfüllt vom Lärm klappernden Geschirrs vor, die kalten Bäder mit Mädchen im Nachthemd vor den Waschbecken. Sie schließt die Augen und glaubt Lachen durch den Gang hallen zu hören. Nach Süden gehen die Fenster auf einen viereckigen Hof, in dem majestätische Linden stehen, im Norden blickt man aus zwanzig Metern Höhe über den unendlichen Wald hinweg. Sie denkt an die vielen Generationen von Schülerinnen, deren Geist sich durch diese Fenster in die Lüfte geschwungen hat.

»Manche glauben ja, die Schule sei verflucht, weil die Deutschen sie im Krieg besetzt haben«, erzählt Jacques-Henri. »Mit Aberglauben hat das aber nichts zu tun. Dass man seither aus dem Haus nichts mehr gemacht hat, kommt daher, dass sich in ihm all die alten Feindseligkeiten zwischen Widerständlern und Kollaborateuren bündeln, weitergegeben von einer Generation an die nächste. Es ist verrückt, diese Schule, auf die alle stolz sein sollten, dieser einmalige Ort, der Tausenden Mädchen aus der

Armut geholfen hat, liegt denen auf der Seele wie ein alter Strandbunker.«

Marguerite lächelt, berührt von den Erzählungen des jungen Manns. Seit sie die Lindenallee auf dem Hof gesehen hat, fühlt sie sich hier zu Hause. Es heißt, gewisse Orte rufen einen zu sich – der hier hat sie hinterrücks gepackt. Obwohl sie ihren Guide erst wenige Minuten kennt, vertraut sie sich ihm an, erzählt ihm von der Feindseligkeit des Apothekers, den Gerüchten an der Schule, dem Vorfall im Lebensmittelladen.

»Ich fühle mich, als hätten die ein Kopfgeld auf mich ausgesetzt.«

Er seufzt.

»Von der Witwe Tanguy halt ich mich fern, die ist wirklich übel. Zwei Jahre wohne ich jetzt hier, im Haus meines Großvaters, den alle kannten, und ich habe immer noch keinen einzigen Freund gefunden. Ich werde niemals eingeladen und keiner spricht mich je an. Wissen Sie, die Steine findet man hier nicht nur in der Landschaft, sondern auch in den Herzen. Die spenden alle schön brav in der Kirche, aber der junge Nachbar aus Quimper kann ruhig alleine vor die Hunde gehen.«

WIEDERGUTMACHUNG

Paris / Bois d'en Haut, 1949

Dank ihrer Freundin aus Paimpol fand Odette schließlich eine Stelle als Schreibkraft beim Verein der Bretonen von Saint-Denis. Mit der Schreibmaschine konnte sie zwar noch nicht umgehen, aber ihre fehlerfreie Rechtschreibung und Syntax genügten dem Direktor. Nach wenigen Wochen beherrschte sie auch die Tastatur der schwarzen Remington. Jeden Tag strömten neue Bretonen in die von Kommunisten geführte Geschäftsstelle, glücklich, endlich das Gelobte Land erreicht zu haben, und voller Hoffnung auf ein besseres Leben. Odette trug die Namen der Neuankömmlinge ins Register ein – Le Gall, Le Guilloux, Le Dantec, Le Goff, Lecorre – und schickte sie dann zu den Farbstoffwerken, zu den Verkehrsbetrieben oder zur Post, wo ständig neue Arbeiter gesucht wurden. Ob sie wohl ahnten, dass sie schon bald mit krummen Buckeln von kleinen Entsagungen zu großen Enttäuschungen driften würden, bis ihr Traum sich eines Tages unter der Last zerstörter Hoffnungen in Staub auflöste? Oder, dass ihnen inmitten von Beton und erstickenden Abgasen die Granitblöcke und Flechten von zu Hause fehlen würden?

In den Straßen hörte man Bretonisch oder Französisch mit starkem Akzent aus dem Westen. An einem Feiertag posierte sie vor der Vereinszentrale für *France Soir* im Kreis ihrer Kollegen. Sie wohnte in einem zwölf Quadratmeter großen Zimmerchen in einem grauen, zehnstöckigen Wohnblock in der Avenue de Stalingrad. Vom Fenster aus sah sie die Nutzgärten von Saint-Denis, und wenn dort morgens die Bäuerinnen mit breiten Händen und krummen Rücken Salat und Radieschen pflückten, fand sie Kraft in dem Gedanken an den Garten ihrer Mädchenjahre.

Eines Tages füllte sie gerade Formulare für ein ganzes Bataillon von Neuankömmlingen aus, als ein junger Mann auf einmal rief: »Odette, bist du das?« Es war der Sohn des Briefträgers von Bois d'en Haut, der in Paris sein Glück suchte. Sie erschrak – eine halbe Ewigkeit hatte niemand sie bei ihrem wahren Vornamen gerufen.

»Ja, ich bin's«, murmelte sie, »aber hier heiße ich Marie.«

»Weißt du, dass dein Vater bei uns als Held verehrt wird? Sogar eine Straße wurde nach ihm benannt, feierlich getauft, und alles, was Rang und Namen hat, war mit dabei. Die Rue du Docteur Bozec. Man hat überall nach dir gesucht, damit du das Band durchschneidest.«

Odette machte große Augen. Also erinnerte sich das Dorf nun doch an ihren Vater, feierte und ehrte ihn, nachdem man damals zugelassen hatte, dass er verhaftet und in den Tod geschickt wurde. Ihr war gleichzeitig nach Lachen und Weinen zumute. Als im Krieg die

Geschichte aus dem Gleis gesprungen war, hatte sie sich geschworen, nie mehr ins Dorf zurückzukehren. Jetzt bot man ihr Wiedergutmachung. Es war Zeit, nach Hause zu gehen. Sie kaufte eine Fahrkarte nach Morlaix und kehrte Paris, der Angst, dem Elend und der Gewalt den Rücken. Für sie ging es zurück unter den endlos weiten Himmel, zurück zu den Türkentauben und dem Abendwind, der die Bäume tanzen lässt und die Wolken davonfegt.

Im Haus ihrer Eltern war alles wie früher. Die Bibliothek ihres Vaters, die Nähmaschine ihrer Mutter, die bretonischen Möbel: Alles stand an seinem Platz, bedeckt mit einer dicken Staubschicht. Dennoch kam es ihr düsterer und kleiner vor, als sie es in Erinnerung gehabt hatte.

Zwischen ein paar Bettlaken fand sie Briefe ihres Vaters aus der Gefangenschaft, die ihre Mutter wohl vor ihr versteckt hatte. Bis zum Schluss hatte er sich seine Zuversicht bewahrt. »Wir leben in Erwartung einer Zukunft, die wir schon nahen fühlen. Der Sieg ist uns gewiss.« Im Sommer vor seinem Tod hatte er im Lager von Châteaubriant einen bretonischen Chor geleitet und einen unter den Insassen sehr gefragten Bretonisch-Kurs angeboten. So hatte er die Stimmung seiner Kameraden gehoben: Auch wenn man den Körper einsperrt, bleibt der Geist doch frei, hat Flügel.

Wenige Tage vor seiner Hinrichtung hatte er, seinen Tod vorausahnend, an seine Frau geschrieben: »Der natürliche Tod befreit die Menschheit von ihren abgenutzten Elementen, doch der gewaltsame Tod verleiht ihr durch die Reaktion auf ihn ganz neue Kraft. Mein Leben lang habe ich gegen den Krieg und für ein besseres Leben gekämpft, für den Fortschritt. Die Toten sind die besten Missionare. Mein Tod wird seinen Nutzen haben.«

Augenzeugen berichten, als die Deutschen ihn holen kamen, ihn und acht andere, um sie alle auf einer Lichtung zu erschießen, hätten die Insassen erst die Marseillaise angestimmt und dann die bretonische Hymne *Bro Goz Ma Zadou,* Altes Land meiner Väter.

Odette traf ihre ehemaligen Klassenkameradinnen wieder, und die hießen sie willkommen wie die Tochter des Messias. Mit den bescheidenen Ersparnissen, die sie von ihrer Mutter geerbt hatte, kaufte sie den Dorfladen, dessen Vorbesitzer, ein berüchtigter Kollaborateur und Kopf des örtlichen Schwarzmarkts, kurz zuvor erhängt an einem Baum gefunden worden war: Selbstmord oder Racheakt, je nachdem, wen man fragte.

Wenn wenig los war, konnte sie hinter ihrer Kasse lesen. Dank ihrer Kunden würde sie nie wieder einsam sein, und Kaufladen hatte sie schon als Kind gern gespielt. Vor allem aber würde ihr nie wieder jemand Befehle erteilen. In Paris war sie nicht mehr Herrin über ihr Leben gewesen, hatte es anderen geliehen, die ohne zu zögern darauf herumgetrampelt waren. Nie wieder würde sie sich demütigen und knechten lassen. Nie mehr für irgendeinen anderen arbeiten. In Zukunft hätte sie das Sagen.

Die Frau des Bürgermeisters erzählte ihr von Émile, dem »Sohn von der Marie«.

»Der wär was für dich, du brauchst 'nen Mann, was soll sonst werden aus dir?«

Der junge Hufschmied, ein solider und geschickter Bursche, wohnte noch bei seiner Mutter. Jeden Tag sah Odette ihn mit seinem Pferdewagen vorbeifahren und grüßte ihn durchs Fenster. Sie erwartete das Rattern seines Fuhrwerks wie die Wüste den Regen. Beim Grand Pardon des Cieux hatte sie nur Augen für ihn, für seine breiten Schultern und kräftigen Hände. Es war ein herrlicher Tag, sonnig und warm, und die Dorfbewohner schlenderten zwischen Jahrmarkt, Radrennen und Dudelsack-Gruppen umher. Der Festzug der jungen Menschen in Tracht, begleitet von Reitern auf mit Blumen und Bändern geschmückten Pferden, war herrlich. Émile sah Odette mit glühenden Augen an, bat sie zum Tanz, und dann, mitgerissen vom durchdringenden Quäken des Dudelsacks, küsste er sie. Sie gaben eine große Hochzeitsfeier in der Kapelle Notre-Dame-des-Cieux: gut hundert Gäste, ein prächtiges Bankett und ein Brautzug durch das ganze Dorf zum Klang der Sackpfeifen. Endlich war Odette zu Hause, endlich war sie glücklich. Später sollte sie an diesen Augusttag als an den schönsten ihres gesamten Lebens zurückdenken. Der Tag, an dem sie offiziell Madame Émile Tanguy wurde.

KLEINE STEINE

Bois d'en Haut, Sommer 1994

In diesem Sommer kann Hélènes Familie aufgrund der ständigen Krankenhausbesuche nicht wegfahren. Kein Gedanke an Urlaub in Carantec, keiner an Strandspaziergänge im Sommerkleid. Aus dem Sinn sind die Pläne, eine Gartenlaube zu bauen oder ein Kaninchen zu kaufen. Der Alltag hat sich in den Kampf gegen ein Wachtelei verwandelt, das unter der Schädeldecke ihres Vaters wächst. Immerhin bleibt auch Yannick zu Hause, denn seine an die Apotheke gefesselten Eltern fahren nie in die Ferien.

Die Dorfbewohner sehen Hélènes Familie komisch an. Manche wenden sich schnell ab, als hätte eine schwarze Katze ihren Weg gekreuzt, man weiß ja nie, manchmal ist Unglück ansteckend. Dabei hat Monsieur Kerity, ihr Vater, vor der Krankheit das gesamte Dorf geliebt, und das Dorf auch ihn. »Wenn man an deine Tür klopft, mach sie auf«, hat er immer gesagt, frei nach dem Evangelium. Als begabter Tischler und guter Freund des Rektors, des Bürgermeisters und des kommunistischen Grundschullehrers reparierte er die Kanzel in der Kirche und die Pforte der Gemeindeschule. Sonntags klapperte er nach dem Bistro mit seinem R18 die umliegenden Höfe ab, um die Männer heimzufahren, die nicht mehr stehen konnten – und um ihre Frauen davon abzuhalten, sie mit Besenschlägen zu begrüßen.

Mit Rücksicht auf seine neue Diät bestellt Hélènes Mutter bei der mitfühlenden Bäckerin zuckerfreien Paris-Brest und Erdbeerkuchen. Vater Kerity redet Unsinn, er »braddelt«, wie man hier in der Gegend sagt, er tickt nicht mehr ganz richtig, wie die Haushaltshilfe von Yannicks Eltern nicht müde wird zu wiederholen. Die Langeweile hat sich im Leben von Hélènes Vater ganz langsam ausgebreitet, wie ein schleichendes Gift, das arglistig die Oberhand gewinnt, unsichtbar, aber unaufhaltsam.

Drei Jahre vor der Krankheit war eine Stelle als Hausmeister im Altenheim ein Stück die Straße runter frei geworden. »Ich müsste da nur die Mülleimer leeren, kaputte Rohre flicken und Glühbirnen austauschen«, hatte er gesagt, gespannt auf die Reaktion seiner Frau. Die lächelte nur, wie man über den Witz eines Kinds lächelt, ehe man sich wieder den Aufgaben in der Küche widmet. Ein paar Monate später erzählte er bei Tisch plötzlich von der Total-Tankstelle am See, die einen Tankwart und Mechaniker suchte. Hélènes Mutter zuckte die Achseln, es fehlte ihnen doch an nichts, warum da für so einen schäbigen Job alles auf den Kopf stellen? Damit war das Thema erledigt, und das Leben ging weiter, monoton und ausweglos. Die beiden Mädchen hatten zu viel mit sich selbst zu tun, um zu bemerken, dass ihr Vater leise litt, dass einen Hof zu fegen oder Autos aufzutanken ihm immer noch besser schien als die schiere Leere seiner Existenz. Das hätte bedeutet, rauszukommen, sich mit einem unsichtbaren Band an andere zu binden, einen Platz in der Gesellschaft zu haben, sich lebendig zu fühlen. Aber Hélène und Françoise waren viel zu beschäftigt damit, aufzuwachsen, zu lernen, Liebe und Freundschaft zu entdecken, um zu begreifen, dass hier die geistige Gesundheit ihres Vaters auf dem Spiel stand und bald schon seine Gesundheit im Allgemeinen. Ihre Gleichgültigkeit hatte dem Krebs ein kuscheliges Nest bereitet, in dem er sich einrichten und gedeihen konnte.

Nach der Diagnose gelangten die Mädchen und ihre Mutter zum selben Schluss: Dagegen können wir Menschen nichts ausrichten. Das muss der Gott der Christen übernehmen oder die Götter aus den Wäldern.

Darauf bedacht, ihrer Tochter eine ordentliche Schulbildung und alle Möglichkeiten zu verschaffen, hatte Mamie Alexine Hélènes Mutter mit sechs Jahren ins Internat zu den Schwestern von Sainte-Anne-d'Auray geschickt und ein paar Jahre später leicht verändert wieder abgeholt: Sie hatte sich mit Glauben infiziert, erzog später auch ihre Töchter katholisch und wetterte gegen die heidnischen Legenden ihrer Mutter. Hélène und Françoise gingen bald selbstverständlich nach der sonntäglichen Morgenmesse in der Kirche zur nachmittäglichen Geisterehrung im Wald. Im Grunde sahen die zwei keinen Unterschied zwischen den Riten der Christen und denen der Heiden. Ob nun Jesus übers Wasser ging, die Toten zum Leben erweckte und Fisch und Kuchen austeilte oder man von Arthurs Schwert und Merlins Zauberstab erzählte, war letztlich doch ein und derselbe Unfug. Ganz zu schweigen von den Heiligen, die ihre Abstammung von heidnischen Gottheiten kaum verhehlen konnten. Manchmal – an den Feierlichkeiten des 15. August, zum Beispiel – vermischten sich die beiden Kulte sogar. Morgens Gottesdienst und Prozession mit inbrünstigem Gesang, dann ging alles in die Trance der bretonischen Tänze über, die bis in die Nacht getanzt wurden.

Eines Morgens verrät Alexine Hélène, dass ihr Vater sie schon im Frühjahr ein paar Mal wegen Kopfschmerzen aufgesucht hat. Der arme Papa, denkt Hélène, ganz allein hat er die ersten Symptome des Tumors mit Heidekrautessenz bekämpft. Skeptisch gegenüber dem Verdikt der Weißkittel, betrachtet die Kräuterfrau eingehend die Röntgenbilder, wie um ihr Rätsel zu entschlüsseln.

»Der wird schon wieder«, sagt sie schließlich mit zusammengekniffenen Augen und tätschelt Hélène die Wange. »Ich hab den Ankou noch nicht im Wald gesehen, seine Stunde hat noch nicht geschlagen.«

Laut der Legende ist der Ankou der Fährmann der Seelen, der erste Tod des Jahres, der den anderen auf ihrem Weg ins Jenseits hilft. Wenn man die Räder seines Karrens auf dem Hof knarren hört, kommt er einen holen.

»Seine Stunde hat noch nicht geschlagen«, wiederholt sie, relativiert dann allerdings:

»Weißt du, *marmouz,* der Tod ist nur ein Vorhang, eine Tür in die andere Welt, wo wir uns eines Tages alle wieder treffen.«

Dann gibt sie Hélène eine Phiole, deren Inhalt sie ihrem Vater in den Kaffee schütten soll.

Hélènes Mutter allerdings wirkt resigniert. Als ihre Tochter vorschlägt, eine zweite Meinung einzuholen, antwortet sie nur mit Schweigen. Wenn das nun mal Gottes Wille ist, hat es keinen Zweck, sich aufzuregen, zu empören und zu protestieren.

»Beten und in die Kirche gehen, das sind unsere besten Waffen. Außerdem hab ich's ihm ja gesagt, dass sein Würfel zu gefährlich ist, in einer Zeitschrift hab ich das gelesen.«

Am Bett hat Hélènes Vater einen digitalen Radiowecker mit bläulichen Ziffern. Laut dem Artikel im *Pèlerin* erzeugen solche Apparate elektromagnetische Wellen, und die stören die nächtliche Produktion von Melatonin, einem stark krebshemmenden Hormon. So hatte Hélènes Mutter den perfekten Sündenbock gefunden, einen für fünfzig Francs bei Darty gekauften Plastikwürfel, der einen achtzig Kilo schweren, fünfundvierzig Jahre alten Mann zur Strecke bringen kann. Auch allen anderen passte die Geschichte mit dem Neonwürfel bestens in den Kram: Sie wusch sie rein und machte keine Wellen, man schaltete das Ding einfach aus und verstaute es in der Scheune.

Für die Mutter von Hélènes Vater ist der Krebs nur die letzte Etappe eines langen Niedergangs, der mit seiner Hochzeit begonnen hat. Sie, die aus dem reicheren, kultivierteren Nachbarort Léon stammte, hat Zeter und Mordio über die Missheirat geschrien, als ihr Sohn ihr seine Verlobte aus dem abergläubischsten, verlaustesten Teil der Bretagne vorstellte. Und als er seine Ingenieurskarriere an den Nagel hängte, hat sie ihn ganz aus ihrem Herzen verstoßen.

Sie war mit dem Chef der Gewerkschaft der Hafenarbeiter von Brest verheiratet, und ihre Bretagne war immer die des weiten Meeres. Anders als bei ihren verstockten Nachbarn wurde bei ihnen stets munter geredet und diskutiert, man empörte sich, beweinte Schiffbrüche, kommentierte politische Geschehnisse. Im Laufe der Jahre hatten sich die Hafenarbeiter, indem sie sowohl bei Streiks als auch bei Schlägereien nie nachgaben, eine beneidenswerte Stellung erkämpft, die es Hélènes Großeltern erlaubte, in ein Einfamilienhaus mitten in Brest zu ziehen. Dank des erbitterten Kampfs ihres Manns gegen die ausbeuterischen Chefs war Hélènes Mutter eine richtige Bürgerin geworden, hatte eine Haushaltshilfe und ging zweimal im Monat zum Frisör. Für die Inlandsbretonen, diese Neanderthaler, die ihr den Sohn genommen hatten, hatte sie nur Verachtung übrig.

Als sie zum ersten Mal ins Dorf kam, trank die Familie ihrer Schwiegertochter ihren Kaffee aus Pyrexgläsern. Aus Brest hatte sie ihnen Keramiktassen mitgebracht, und Mamie Alexine pries den Schwiegersohn aus der Stadt, der so viel Wohlstand in die Sippe einführte. Der währte allerdings nicht lang, denn seine Mutter kam nie wieder.

Jedes Jahr zu Weihnachten fuhr Hélènes Familie sie besuchen und überhäufte sie mit Leckereien: Kuchen, Kaldaunenwurst und trockener Cidre vom benachbarten Bauernhof. An der Haustür mussten alle ihre Schuhe ausziehen, um das blitzblanke Linoleum nicht zu beschmutzen. Hélènes Vater fuhr stets voller Vorfreude zu seiner Mutter, hoffte, diesmal wäre alles anders und sie würde ein wenig mütterliche Wärme zeigen, etwas Zuneigung und Interesse, Liebe eben. Doch im Laufe des Tages verblasste jedes Mal sein Lächeln und über seine Augen legte sich ein grauer Schleier.

»Mädchen, wisst ihr denn, dass euer Vater diplomierter Ingenieur ist?«, fragte sie. »Das schöne Studium, und alles für die Katz, ein Jammer. Und wusstet ihr, dass euer Großvater vor seinem Tod die wichtigste Gewerkschaft im Hafen von Brest geführt hat?«

Dann zählte sie die Heldentaten ihres seligen Gatten auf, von denen die Mädchen zwar schon tausendmal gehört hatten, die sie sich aber pflichtschuldig jedes Mal wieder anhörten, wobei sie hier und da ein bewunderndes »Oh« oder »Ah« einstreuten. Ihr Vater steckte derweil die Seitenhiebe seiner Mutter mit gesenktem Blick ein, so resigniert wie ein gescholtener Nachbarsjunge. Und übersah großzügig die Aspekte ihrer Geschichten, die sie offenbar vergaß: den schweren Alkoholismus, der dem Gewerkschafter ein frühes Grab beschert hatte, und die Korruptionsskandale, die kurz nach seinem Tod die Schlagzeilen bestimmt hatten.

Nach den Geschichten starrten die Mädchen immer das geblümte Wachstuch auf dem Esstisch an, während ein Hagel aus den immer gleichen Fragen auf sie einprasselte:

»Hélène, hast du schon einen Freund? Und in der Schule seid ihr hoffentlich die Besten? Esst ihr auch genug? Ein Sack voll Knochen steht nicht von allein, das wisst ihr doch, oder?«

Nach dem Nachmittagsimbiss sprang der Vater plötzlich auf, als hielte er es nicht mehr aus, sagte etwas vom Verkehr, von Hausaufgaben, die die Mädchen noch zu machen hatten, oder von grauen Wolken, die mit Gewitter drohten. Die Familie küsste Mamie auf die stacheligen Wangen und verschwand. Im Auto kurbelte der Vater – ganz gleich, bei welchem Wetter – das Fenster herunter und ließ sich den Wind um die Nase wehen, den Duft der Gischt oder den prasselnden Regen. Sobald sie die Vorstadt von Brest hinter sich hatten, hellte sich seine Miene wieder auf, und manchmal dankte er seiner Frau dafür, dass sie ihn in ihre Familie aufgenommen hatte.

Heute, als Hélène während seiner Bestrahlung mit überkreuzten Beinen auf dem Boden des Wartezimmers sitzt, denkt sie an diese Momente und notiert in ihrem Schreibheft:

Schuld an Papas Krebs:
Verachtung
Gleichgültigkeit
das Geschwätz der Leute
Schweigen, Ungesagtes
der Neonwürfel
Wundermittel

Wütend über diese allgemeine Ohnmacht sieht sie ihre Familie zum ersten Mal so, wie sie ist: feige, mittelmäßig, unfähig, einen der Ihren zu beschützen. Seit ein paar Tagen ist ihr klar, dass ihr Vater nicht von selbst genesen wird, all die Geschichten über Willenskraft, Mut und die Solidarität unter Wundergeheilten sind nur dummes Zeug, die Krankheit galoppiert, erstickt und erniedrigt ihn mit jedem Tag ein wenig mehr. Nur sie allein kann ihn noch retten. Und sie hat einen Plan.

GEWISSHEIT

Seit dem Einlauf, den ihm Fanch verpasst hat, gefolgt von den Beleidigungen des alten Denez, kann Yannick nicht mehr schlafen. So gern hätte er gehabt, dass Fanch ihn in seine Gruppe aufnimmt, dass er auf Augenhöhe mit ihm spricht, von einem Widerstandskämpfer zum anderen. Doch in seinem Blick hat nichts als eisige, endgültige Enttäuschung gelegen: Yannick ist für ihn nur ein erbärmlicher Teenie, gierig nach großen Gefühlen.

Fanch hatte das Treffen auf seiner riesigen Harley Davidson verlassen, einer jener von der US Army ausgemusterten Oldtimer mit großen Taschen aus rehbraunem Leder. Beim Abbremsen gibt die Maschine immer ein tiefes, eindrucksvolles Grollen von sich, und wenn er das Gas aufdreht, übertönt der Lärm sogar die Bombarden und Dudelsäcke, die beim Fest-Noz zum Tanz aufspielen. Ohne ihn eines Blickes zu würdigen, glitt er an Yannick und seinem Roller vorbei, dessen Knattern nicht mal eine Harfe übertönen könnte.

Eines Morgens, Yannick stellt gerade die Zündung seines fahrbaren Untersatzes ein, kommt plötzlich der alte Denez auf ihn zu, mit Verschwörermiene unter seiner Baskenmütze.

»Was gibt's?«

»Ich weiß da was, was dich sicher interessiert – über deinen Pariser Schreiberling.«

»Was denn?«

»Bei der Hochzeit, kurz vor der Explosion, da hab ich deine Hélène mit dem gesehen. Aus dem Unterholz sind die gekommen, die zwei miteinander.«

»Und?«

»Na, Händchen haben sie gehalten! Gut, ganz sicher bin ich nicht, aber an deiner Stelle würd ich aufpassen.«

»Haben sie jetzt Händchen gehalten oder nicht?«

»Ich bin nicht sicher, sag ich doch, aber ausgesehen haben sie danach. Und nach noch mehr.«

Yannick setzt den Helm auf, um seine Wut zu verbergen: Da will der große Schriftsteller ihm also Hélène ausspannen. Die Hélène, deren Literaturreferate, Zukunftsängste und Geschwisterzwists er sich jetzt schon seit Monaten geduldig anhört. Wie macht der Typ das nur? Kreuzt hier auf und – zack – ist Yannick abgeschrieben. Und mit einer Schülerin von seiner Frau!

Und er hat Hélène auch noch jeden Tag zum Herrenhaus gebracht und wieder abgeholt. Jeden Tag hat er sie dem Wolf ein Stück tiefer ins Maul geschoben. Wie dämlich kann man denn sein?! Aber jetzt ist Schluss damit, denkt er. Ich muss unbedingt rauskriegen, was in diesem Haus abläuft. Diesem Klugscheißer polier ich die Fresse, bis er vor mir im Staub kriecht, dieser Dreckskerl.

EINE WIE SIE

Nach mehreren Anrufen und einigem Flehen hat Hélène doch tatsächlich einen Termin beim Großmogul der Hirntumore erhalten, dem Chefarzt im Krankenhaus von Rennes, den sie zwei Tage vorher in den Nachrichten auf FR3 gesehen hat. »Sie haben Glück«, sagt die Sekretärin am anderen Ende der Leitung, »es hat gerade jemand abgesagt, sonst hätte ich sie frühestens in drei Monaten einschieben können.« Das muss Schicksal sein. Die Wundergeheilten halten ihre Hand über Hélènes Familie. Sie platzt förmlich vor Zuversicht: Sie wird Superman begegnen, und der findet ein Heilmittel, nimmt ihren Vater in seiner neuen, höchst erfolgversprechenden Studie auf und rettet ihn. Jedes Problem hat eine Lösung, man muss nur den richtigen Spezialisten finden.

Mit den Röntgenaufnahmen in einer Zeichenmappe steigt sie in den Bus. Vier Stunden später sitzt sie vor dem Spezialisten. Dessen blaue, beinahe weiße Augen von unendlicher Sanftheit haben sicher schon viel stummes Leid gesehen. Er hört ihr zu, lässt sie erzählen. Schneller Blick auf die Röntgenbilder. Sie mustert seine Miene genau, sucht nach einem Fünkchen Hoffnung. Wie eine Verurteilte, die sich Begnadigung ersehnt oder zumindest einen Aufschub. Dann sagt er mit sanfter Stimme, die ihr durch Mark und Bein geht:

»Zunächst möchte ich sagen: Falls ich eines Tages krank sein sollte, hoffe ich, dass meine Tochter so eine wie Sie ist.«

Er schenkt ihr ein trauriges Lächeln, dann fährt er fort.

»Es tut mir leid, aber diese Krankheit ist viel stärker als ich. Da kann man nichts machen. *Ich* kann da nichts machen.«

»Aber Sie können ihn doch in Ihre Studie aufnehmen, oder? Mit der neuen Therapie? Er ist jung, hat nie geraucht oder getrunken, erfüllt alle Kriterien, von denen Sie im Fernsehen gesprochen haben.«

Er kneift die Augen zusammen, nimmt seine dünne Brille ab, klingt plötzlich müde.

»Leider nein. Die Studie ist für Patienten im ersten Stadium. Ihr Vater ist bereits im vierten ... Ich würde Ihnen wirklich gerne helfen, aber die Krankheit ist schon zu weit fortgeschritten.«

Schluss, aus, vorbei. Ende der Vorstellung. Hélène nimmt nichts mehr wahr außer den Stirnfalten des Arztes. Wie Schrammen von einem Brombeerstrauch. Vor zehn Minuten waren die noch nicht da. Der Krebs hinterlässt seine Spuren überall. Am liebsten würde sie sich jetzt dem Mediziner in die Arme werfen, den Kopf auf seine Schulter legen und die Tränen fließen lassen. Seit der Diagnose hat sie noch kein einziges Mal geweint, Gefühlsausbrüche liegen ihr nicht. Sie hat kühlen Kopf bewahrt, wie es sich für eine Erstgeborene gehört. Jetzt aber, vernichtend geschlagen von dem übermächtigen Gegner, erkennt sie, dass es auf manche Fragen keine Antwort gibt und für manche Probleme keine Lösung. Manchmal geht es einfach nicht. Manchmal darf man weinen.

Ihre Augen werden feucht, dann hält sie die Tränen doch zurück, denkt an alles, was sie nicht kann:

Räumliche Geometrie. Spagat.
Einen flachen Po haben. Lange Beine. Goldbraune Haut.
Länger als eine Minute unter Wasser bleiben.
Fliegen. In den Wolken schlafen.
Papa gesund machen.

Sie lässt die blauen Augen und die Stirnfalten hinter sich. Auch der Spezialist ist nur ein Mensch, kein Zauberer.

Auf der Straße Kindergeschrei, Hupen, Presslufthammer, eine Warteschlange vor der Bäckerei. Alles wie gehabt, Spaziergänger gehen spazieren, Liebespaare lieben sich, Autofahrer fahren Autos. Ihr Vater wird sterben, und die gleichgültige Erde dreht sich weiter. Ein Skandal.

Auf dem Weg zum Busbahnhof kommt sie an einer Kirche vorbei und sucht darin Zuflucht, einfach so, mitten im Gottesdienst. Sonnenlicht fällt schräg durchs Buntglas, und aus dem Chor erhebt sich ein Gesang:

Weizenkorn du hier auf Erden
Wenn du nicht stirbst
bleibst du allein.
In Jesus soll dir Leben werden
Wer sich ihm schenkt
Wird selig sein.

Sie betet. Bitte, lieber Gott, rette ihn. Er ist ein guter Sohn und ein guter Vater, hat andere immer geliebt und war für sie da, nimm ihn uns nicht weg. Noch nicht jetzt. Wenn du die Lahmen heilen kannst, wieso dann nicht auch ihn? Setze seinen Namen auf deine Liste. Er kann Felsblöcke bewegen, er wirkt Wunder, so wie du.

Die Bestrahlungssitzungen sind grausam. Das Schlimmste im Krankenhaus ist weder die Hilflosigkeit noch der eklige Geruch. Nein, die Banalität des Elends lässt einem das Blut gefrieren. Der Himmel fällt einem auf den Kopf, das Leben wird zum Albtraum, aber hier ist man nur eine Nummer, die Dame hinter dem Schalter fordert einen auf, sich hinzusetzen, und man wartet, bis man an die Reihe kommt. Mein Vater hat grade eine Stunde auf einer Trage im Auto gelegen, möchte man da brüllen, und noch mal eine hier gewartet, kann man darauf nicht ein wenig Rücksicht nehmen? Aber nein, das hier ist die Krebsfabrik, das Fließband der Tumore, kleine Familiendramen gelten hier nichts. Und wenn man endlich an der Reihe ist, weist die Dame am Empfang einen trocken darauf hin, dass ein Dokument von der Versicherung fehlt, die Unterlagen unvollständig sind, und schickt einen wieder auf seinen Platz. Man will sie packen, beschimpfen, ihr auf den Resopaltresen spucken, aber sie hat die Macht und weiß das auch, sie hat das Leben des geliebten Menschen in der Hand, hier in der Klinik ist sie alles und man selbst ist nichts. Also zieht man den Schwanz ein und setzt sich wieder, blickt ins Leere.

Der Apparat ist immer noch kaputt, heißt es, kommen Sie nächste Woche wieder. Sie prostestieren, weil ihr Vater für den wichtigen Termin extra um vier Uhr morgens aufgestanden ist. »Da können wir doch nichts dafür, das ist halt die Maschine«, erwidert die Assistenzärztin mit resigniertem Seufzen.

Im Dorfladen flüsterte die Witwe Tanguy Hélène eines Tages zu:

»Hör mal, Mädchen, ich mach mir Sorgen um dich.« Rüde packt sie sie am Handgelenk, ihr Mundgeruch mischt sich mit den Wörtern, das Gift des Hasses lässt ihre Augen aus den Höhlen treten. »Halt dich von diesen Leuten fern, die bringen dir nur Unheil.«

Hélène reißt sich von der Alten los, schwingt sich aufs Rad und saust so schnell sie kann nach Hause. Abends steigt Françoise zu ihr ins Bett.

»Ich hab gehört, du schläfst mit dem Mann von deiner Lehrerin, das stimmt doch nicht, oder?«

Hélène schiebt sie brüsk von sich weg.

»So ein Blödsinn. Geh schlafen!«

Auf dem Rücken liegend stiert sie an die Decke, spürt

erstickende Scham in ihrer Brust aufsteigen. Hätte sie doch nie Raymonds Hütte betreten und vor allem nicht bei der Hochzeit mit ihm geredet. Irgendjemand muss sie da zusammen gesehen haben, und jetzt tratscht das ganze Dorf. Hoffentlich hat Lilly ihrer Mutter nichts erzählt.

Wie weit weg der Juni jetzt doch scheint, und das Lernen für die Prüfung, bei der Hélène sich dank Marguerites Hilfe in ungeahnte Höhen aufgeschwungen hat. Jetzt hat die Schwerkraft sie wieder und drückt sie zu Boden.

RUNTER MIT DEN MASKEN

Zurück im Herrenhaus versucht Marguerite, sich zu beruhigen, aber die Worte der verrückten Alten hallen ihr noch durch den Kopf: »Der feine Herr tändelt mit deiner Hélène.« Laut dem Wörterbuch bedeutet »tändeln«: sich spielerisch mit Nichtigkeiten die Zeit vertreiben, flirten. Marguerite ist nicht entgangen, dass Raymond seit Hélènes Besuch zum Abendessen nicht mehr derselbe ist wie vorher. Und seit sie nachmittags immer bei ihnen ist, sprüht er vor einer Lebenskraft, die mit seiner Schockverliebtheit in die Bretagne nichts mehr zu tun zu haben scheint.

Marguerite denkt an ihre erste Begegnung mit dem Mädchen, daran, wie sie schüchtern aufgeschaut hat, als ihr Name aufgerufen wurde, das Haar im Nacken zusammengebunden, blass, gründlich abgekaute Nägel, aber mit einem Funkeln in den Augen, das jederzeit entflammen konnte. Nach der Stunde war sie mit einem gut aussehenden Jungen mit langen Wimpern auf den Hof gegangen. Yannick ließ sie nicht aus seinen vor Liebe fiebrigen Augen. Sie ging mit leicht hängenden Schultern einen Schritt vor ihm, ohne sich nach ihm umzudrehen, im tapsigen Gang einer Jugendlichen, die gar nicht weiß, wie hübsch sie ist. Ich würde den ja sofort anspringengen, hat Marguerite damals gedacht. Diese jungen Leute sind einfach zu brav.

Sofort verpürte Marguerite eine Welle der Zuneigung, die sie jedoch zunächst unterdrückte. Hélène wollte nur über Literatur und Lyrik sprechen, stellte immer tiefsinnigere Fragen. Also hielt Marguerite sich an ihre Rolle und verkörperte Wissen und Autorität, auch wenn sie das Mädchen so gern besser kennenlernen wollte. Wissen, welche Farbe ihre Träume haben.

Bei jenem ersten Abendessen, daran erinnert Marguerite sich noch, trug Hélène nicht den üblichen Hoodie von der Schule, sondern einen gut sitzenden Pulli, der ihr graziles Schlüsselbein erkennen ließ. Ihr Haar trug sie offen. Ein zartes Vögelchen und zugleich stark. Seit sie täglich hier ist, herrscht im Haus eine ganz neue Stimmung, so, als genügte schon ihr Blick, um Blei in Federn zu verwandeln. Artig bewunderte sie die vollen Bücherregale, Lillys Kapriolen und die Bäume, auf die sie einen nach dem anderen die Hand legte. Sie streichelte ausgiebig den armen, humpelnden Hund, den Kinder sonst meist abstoßend finden. Lehnte den Rücken an den großen Fels im Garten – um seine Schwingungen zu spüren, wie sie sagte. Offenbar ist sie hier völlig bei sich, sieht Dinge und Wesen, die für andere, nicht hier geborene Menschen unsichtbar sind.

Seit ihren Besuchen erstrahlt das alte Haus aus kaltem, feuchtem Stein in neuem Glanz. Als Raymond an jenem ersten Abend aus seiner Hütte kam und sich zu ihnen gesellt hat, war das, als hätte er ein Feuer neu entfacht. Als wäre ihm gelungen, wozu Marguerite nicht in der Lage war: die Muschelschale aufzuknacken, Nähe zu der Musterschülerin zu schaffen. Was läuft da zwischen diesen beiden?

So unempfänglich sie Raymond auch für die Reize eines Teenies glaubt und so sicher sie auch sein mag, dass er nicht der Typ dafür ist, sich auf solche Weise lächerlich zu machen, fragt sie sich doch nach der Beschaffenheit jener Verbindung, die sie zwischen den beiden spürt. Und sieht durchaus, dass da Verführung in der Luft liegt. Sie fühlt sich ja selbst angezogen von der Jugend und dem bestrickenden, betörenden Stolz dieses Yannick. Wieso sollte Raymond da nicht auf Hélènes Charme anspringen, auf ihre unsichere Sinnlichkeit, ihre Frische? Sollte er etwa der erste reifere Mann sein, den die Avancen eines jungen Mädchens kaltlassen?

Auf einmal packt sie ein unwiderstehlicher Drang, die Dinge selbst in die Hand zu nehmen, statt sich von ihnen überrollen zu lassen. Als Raymond von seinem Spaziergang zurückkommt, teilt sie ihm mit, sie würde ihre Lieblingsschülerin gern zum Abendessen einladen. Raymond nickt, ohne die geringste Gefühlsregung zu zeigen, und verkriecht sich dann in seiner Hütte.

Am nächsten Tag lauscht sie auf das Knattern von Yannicks Roller, und als die beiden Teenager vor dem Haus auftauchen, eilt sie ihnen entgegen, mit Lilly im Schlepptau.

Lächelnd wendet sie sich an Yannick:

»Wollt ihr zwei heute vielleicht mit uns zu Abend

essen? Ich habe das Gefühl, wir sehen uns zwar ständig, aber kommen nie dazu, uns mal zu unterhalten.«

»Ja, ja, bitte, komm!«, springt Lilly ihr bei und zerrt Hélène am Ärmel.

»Sehr gern«, antwortet Yannick schnell, und seine Passagierin schaut verdutzt.

Am Nachmittag kommt Marguerite früher als sonst aus Brest zurück, um aufzuräumen, hübsche Sträußchen zu arrangieren, die überall verstreuten Bücher aufzulesen und eine Lammkeule in den alten Gasherd zu schieben. Schließlich setzt sie sich an den gedeckten Tisch und schenkt sich, noch ehe die Gäste da sind, erst ein, dann noch ein zweites Glas Bordeaux ein. In diesem Augenblick hat sie das sichere Gefühl, das Chaos zu beherrschen.

Da klopfen ihre Gäste an die Fensterscheibe: Yannick hat sein T-Shirt gegen ein Hemd getauscht, und Hélène wirkt in dem kleinen schwarzen Top so gespannt wie ein Starkstromkabel. Lilly springt ihr in die Arme. Auftritt Raymond, ausnahmsweise rasiert und frisiert, in einer Stoffhose und einem Leinenhemd. Hélène schaut sich sofort verlegen auf die Schuhe.

Marguerite erhebt das Glas:

»Auf das schönste Paar im Dorf: Der hübscheste Junge und die beste Schülerin der Zentral-Bretagne!«

Raymond schaut konzentriert in sein Weinglas und trinkt es dann in einem Zug aus.

Vom Alkohol beflügelt, redet Marguerite schnell und

viel, beglückwünscht Yannick zur Leidenschaftlichkeit seines Kampfs für die Bretagne und lobt sein rhetorisches Talent.

»Einen Schüler, der mir so die Stirn bietet, finde ich nicht alle Tage, das ist mal was anderes als die braven Jammerlappen an der Sorbonne.«

Der junge Mann strahlt bis über beide Ohren, schnurrt wie ein gestreichelter Kater. Marguerite ahnt, dass seine Eltern mit Komplimenten geizen, also legt sie nach, spornt ihn zum Reden an. Yannick erzählt vom Leben im Dorf, von immer wieder aufgewärmten Ressentiments, die noch aus der Besatzung stammen oder sogar aus der Zeit davor, davon, wie Leute sich derart meiden, dass sie zu unterschiedlichen Frisören, in verschiedene Crêperien und zu anderen Zeiten einkaufen gehen.

Als Raymond mit der Lammkeule aus der Küche wiederkommt, erklärt Yannick mit gezwungener Stimme:

»Hélène und ich werden die Apotheke meiner Eltern übernehmen. Hélènes Großmutter heilt die Alten, unseren beiden Clans liegt die Medizin im Blut. Sie haben ja keine Ahnung, wie wichtig eine Apotheke in einem Dorf wie diesem ist.«

Raymond bleibt stumm, wie ein Zuschauer, der auf den Ausgang der Geschichte wartet. Vom Wein beseelt setzt Marguerite noch einen drauf:

»Ja, Apotheker, das ist super! Medikamente werden immer gebraucht, da ist man abgesichert. Zwischen all den Rentnern und den Arbeitslosen hier sitzen Sie ja praktisch auf einer Goldgrube, Yannick. Und krisenfest ist das, zahlt schließlich alles der Staat!«

»Genau. Das sage ich Hélène auch die ganze Zeit«, antwortet Yannick, peinlich berührt von der übertriebenen Begeisterung der Lehrerin, die sich jetzt Hélène zuwendet.

»Da bist du aber wirklich zu beneiden! Als Apothekersfrau hast du ausgesorgt.«

»Ach, mir ist das nicht so wichtig«, nuschelt Hélène geniert. »Ich will vor allem …«

»Oder sind dir reifere Männer vielleicht lieber als Jungs in deinem Alter?«, fällt ihr Marguerite ins Wort.

Ein Engel geht durchs Zimmer. Hélène senkt den Blick, kaut eine halbe Ewigkeit auf einem Stück Fleisch herum, das sie nur zu gern würde schlucken können. Raymond bleibt stumm, zündet sich eine Zigarette an.

»Können wir bitte gehen?«, fragt Hélène Yannick mit flehendem Blick. »Mir geht's nicht so gut.«

»Wie, jetzt schon?«, erwidert Marguerite mit plötzlich wieder sanfter Stimme. »Der Spaß fängt doch gerade erst an.«

Sie legt die Hand auf Yannicks Schenkel, und der wird starr vor Schreck.

»Wir haben doch die ganze Nacht noch vor uns …«

»Okay, das reicht!«, donnert Raymond und schlägt die Faust auf den Tisch. »Du hörst jetzt sofort auf und entschuldigst dich.«

Lilly, die seit Beginn des Essens unterm Tisch gesessen und Drachen gezeichnet hat, streckt den Kopf unter der

Tischdecke hervor. So laut wird ihr Vater selten. Marguerite leert zitternd ihr Glas und steht auf, ohne ihr Essen auch nur angerührt zu haben. Eine Tür knallt derart heftig zu, dass der Knauf zu Boden klappert.

Raymond bringt die beiden zur Tür, sagt, es täte ihm leid, Marguerite würde manchmal eben zu viel trinken und sich peinlich aufführen, das sollten sie ihr bitte nicht übel nehmen.

Auf dem Weg zum Roller wispert Yannick:

»Kannst du mir mal sagen, was da los ist, bitte? Das ganze Dorf redet darüber, dass der um dich rumscharwenzelt, wenn nicht sogar mehr. Auf das Essen hab ich mich nur eingelassen, um mir selbst ein Bild zu machen. Was läuft da zwischen euch, hm? Bin ich dir vielleicht nicht gut genug? Stehst wohl eher auf den feinen Herrn Schriftsteller aus Paris, ja?«

»Bitte bring mich einfach heim«, fleht Hélène mit matter Stimme.

»Dass die pervers ist, war ja klar. Weißt du noch, wie sie dir diese versauten Gedichte von Verlaine geliehen hat?«

»Apollinaire. Nicht Verlaine. Bring mich nach Hause.«

Er packt sie am Arm.

»Pass bloß auf, Hélène, die spielen nur mit dir. Wenn du eine Bibliothek willst, baut der Schreiner dir eine, wenn du ins Theater willst, geh ich mit dir hin, sogar nach Paris. Ich liebe dich.«

Hinter den Jalousien verborgen sieht Marguerite den

beiden zu. Was haben die da bloß zu zanken? Warum küsst der sie nicht einfach? Da wird ihr plötzlich bewusst, dass sie beide noch Jungfrau sind, nicht die freigeistigen Studenten, mit denen sie es in Paris zu tun hat. Der Gedanke, dass Yannick noch ganz unerfahren ist, jagt ihr einen wohligen Schauer durch den Körper.

Kaum dass der Roller durchs Tor ist, geht sie wieder hinab, gefangen zwischen dem Bedürfnis, sich zu entschuldigen, und dem Wunsch nach einer offenen Aussprache. Doch auf dem Tisch ist keine Spur vom Abendessen mehr zu sehen, Raymond hat bereits alles aufgeräumt, die Blumen weggeworfen, Lilly ins Bett gebracht und sich zum Schlafen in seine Hütte zurückgezogen.

Mit einem Mal überkommt sie das ganze Gewicht ihres absurden Benehmens. Sie hat sich von den galligen Gerüchten der Dorfbewohner mitreißen lassen. Hat an Raymond gezweifelt, an Hélène, war böse auf sie beide, und jetzt ist sie noch einsamer als je zuvor.

DIENER DES HERRN

Bois d'en Haut, 1958

Die Entbehrungen des Krieges und die Demütigungen in Paris waren Geschichte, und Odette war inzwischen eine Dame, stolzierte in kurzen Röcken nach Pariser Mode umher, während ihre Nachbarinnen noch graue Kittel trugen, die ihnen bis an die Knöchel reichten. Émile hatte ihr ein Transistorradio geschenkt, dem sie im Laden andächtig lauschte. Abends genoss sie ihr im ehemaligen Krankenzimmer für Kinder brandneu eingerichtetes Bad. Sie hatte den Resopal-Händler beauftragt, ihr die alten Möbel ihrer Eltern vom Hals zu schaffen, das Schrankbett, die mit Nägeln beschlagene Kommode und den Schrank. Sie wollte etwas Modernes, Ordentliches, schließlich war sie jetzt eine Bessergestellte. Ihr gut besuchter Laden lockte die Frauen aus dem Dorf an, die über die im Fernsehen angepriesenen Haushaltsprodukte herfielen. Außerdem hatte sie eine Kühltruhe für die von den Kindern immer stärker nachgefragten Milchprodukte angeschafft.

Zwischen dem Laden, der Kirche und den Dorffesten ging das Leben seinen geruhsamen Gang. Odette sparte darauf, einmal mit Émile in den Urlaub nach Italien zu fahren: »*La dolce vita*«, erklärte sie den Nachbarinnen sonntags nach der Messe in ihrem neuen Wohnzimmer, »das Feinste vom Feinen.« Im Fernsehen hatte sie *Casablanca* gesehen und träumte seither davon, in einem weißen Seidenkleid nach Afrika davonzulaufen, in Humphrey Bogarts Arme.

Émile hatte das Dorf noch nie verlassen. Beim Essen zückte er ohne einen Blick auf das Besteck vor sich sein Taschenmesser, um das Brot oder sein Fleisch zu schneiden, und abends kam er hundemüde von seinen langen Tagen in der Werkstatt oder auf den Höfen zurück. Sein Traum war es, Mechaniker zu werden, denn mit der Zeit gab es immer weniger Hufe zu beschlagen, weil die Pferde durch Traktoren ersetzt wurden. Er war ein schweigsames Raubein, liebte seine Frau aber innig. Nachdem die ihm davon erzählt hatte, wie die Frau des Bürgermeisters seit Kurzem im Automobil herumfuhr, stand bald darauf ein brandneuer Renault Dauphine vor der Haustür.

Eines Morgens stürzte ein Junge von einem nahen Bauernhof völlig außer Atem durch Odettes Ladentür: »Émile hatte einen Unfall, kommen Sie schnell!«

Ein Pferdehuf hatte ihn mitten in die Brust getroffen, und er tat seinen letzten Atemzug in den Armen seiner Frau, ohne ein letztes Wort herauszubringen. Mit dreißig Jahren schon verwitwet, war sie nun von Neuem mutterseelenallein. Das Elend, das sie in Paris zurückgelassen geglaubt hatte, hatte sie in diesem Pferdestall wieder eingeholt.

Ein Mann war ihr in der Trauer eine große Hilfe: der

Dorfpfarrer, den sie seit Jahren bei der Messe sah, ohne ihn je richtig kennengelernt zu haben. Nach dem Tod ihres Manns besuchte er sie mehrfach und wusste ihren Schmerz mit seinen Worten und Gebeten schnell zu lindern. Von da an ging sie täglich zur Messe, um den von ihrer Mutter geerbten Glauben in sich zu stärken. Verriet sie damit ihren Vater, den kommunistischen Pfaffenfresser? Möglich, doch in der Stimme und Gestalt von Pater Corentin hatte sie eine neue Vaterfigur gefunden. Sie betete ihn an. Für sie stand Gott an erster Stelle, dann kam Jesus, und gleich nach ihm kam Pater Corentin. In der Tat war er ein ausgesprochen schöner, gut gebauter Mann, in dessen Augen tief christliche Inbrunst blitzte. Samstags sah man ihn seine Soutane ablegen und Fußball mit den Jungen aus dem Dorf spielen. Im Sommer fuhr er mit den Jugendlichen in ein Ferienlager in den Alpen, von wo sie braun gebrannt und kerngesund zurückkamen. Jeden Sonntag vor der Messe versorgte Odette ihn mit Buchweizen-Galettes, Konfitüre und selbst gebackenem Kuchen.

Seine Predigten glichen beinahe einer Symphonie, so süß klangen seine Worte einem in den Ohren, und Odette hätte um nichts in der Welt die tägliche Acht-Uhr-Messe verpasst.

Als hübsche junge Ladenbesitzerin bekam sie zwar reichlich Anträge von den wenigen Junggesellen des Dorfs, lehnte jedoch alle ab. In der Nähe ihres Pfarrers zu leben, ohne Hoffnungen oder Versprechen, machte sie wunschlos und platonisch glücklich. Die »Bedürfnisse«, von denen die Leute manchmal mit anzüglichem Grinsen sprachen, waren ihr fremd. Mit Émile tat sie »es« nur aus Pflichtgefühl, ihm zuliebe, und das so selten wie möglich, denn etwas Abstinenz machte ihn in seiner Leidenschaft und Hingabe nur noch zuckersüßer.

»Es« mit dem Pfarrer zu tun, war nicht einmal vorstellbar, und vielleicht gefiel ihr genau das so sehr an dem Kirchenmann. Jeder Satz, der mit »Pater Corentin hat gesagt« begann, machte unmissverständlich klar, dass er keine Widerrede duldete.

Doch als sie die Kirche eines Tages mit frischen Blumen schmücken wollte, hörte sie seltsame Geräusche aus der Sakristei. Sie öffnete die Tür, und da saß ein stöhnendes Mädchen aus dem Dorf rittlings auf Pater Corenton, dem die Hose an den Knöcheln hing. Die Blumen fielen zu Boden, und Odette rannte davon.

Als der erste Schock verdaut war, konnte sie sich nicht verkneifen, ihrer alten Jugendfreundin von der Sache zu erzählen, der Einzigen, der sie in ihren Pariser Jahren hin und wieder eine Postkarte geschrieben hatte: Alexine.

»Kannst du das fassen? Ein Pfarrer mit einem Mädchen aus dem Dorf!«, sagte Odette zitternd.

»Das meinen die Leute also, wenn sie sagen, einer würde das Priestergewand ablegen …«

»Aber *er!* Ausgerechnet er!«

»Ach, das überrascht mich nicht, hat der Teufel halt auch in diesem Engel dringesteckt, die Männer werden doch alle aus der Hose gesteuert.«

Noch am selben Abend zog Odette mit Émiles Jagdgewehr bewaffnet los, um den alten Sünder aus dem Bett zu werfen, ihn mit der Mündung zwischen den Rippen seine Sachen packen zu lassen, ihn zu seinem 2CV zu führen und zuzusehen, wie dessen Rücklichter für immer in der Nacht verschwanden. Der Mann hatte sich kaum zur Wehr gesetzt.

Sein plötzliches Verschwinden erregte großes Aufsehen im Ort. Niemand wusste so genau, was vorgefallen war. Doch ob nun Alexine geplaudert hat oder die Sünderin gebeichtet, in jedem Fall war die Mythenwelt der Gegend um ein Kapitel reicher: um das über die Krämerin, die Tochter des Dorfhelden, die den Diener des Herrn zum Teufel gejagt, ja ihn vielleicht sogar mithilfe der Kräuterfrau getötet und im Wald verscharrt hatte. Seither wurden die beiden Frauen ebenso gefürchtet wie geachtet.

Jetzt, wo Pater Corentin fort war, ließ Odette sich nie mehr bei den Bällen und Dorffesten blicken, nur noch bei der für ihr Geschäft unumgänglichen Sonntagsmesse, und den Friedhof betrat sie bloß noch, um die Gräber ihres seligen Gatten und ihres Vaters zu besuchen. Auch vor den Kindergräbern hielt sie einen Moment inne, hoffte auf ein Zeichen Gottes, auf ein Licht oder einen Ruf der Seele ihrer Tochter, die bis in alle Ewigkeit ohne Grabstein blieb.

Im Übrigen verschanzte sie sich hinter ihrem Tresen, wo sie amerikanische Fernsehserien schaute oder Liebesromane verschlang. Seit es in ihrem Laden Zeitschriften zu kaufen gab, stürzte sie sich auch auf die Geschichten über Prinzessinnen und Hollywoodstars in der *Ici Paris* oder der *France Dimanche.* Das Leben der Reichen und Schönen rührte sie an, besonders das Schicksal von Frauen, denen es durch Glück oder Gewitztheit gelungen war, sich über ihre Umstände hinwegzusetzen. Zu schade, dachte sie, dass sie ihre Chance in Paris verpasst hatte, aber sie war eben jung und dumm gewesen. Das Leben ihrer drögen, durchschnittlichen Mitmenschen interessierte sie nun gar nicht mehr.

ABSCHIED VON DEN WAFFEN

Laut den Einheimischen ändert sich ab dem 15. August das Wetter. Aufgrund der Springfluten wird es kaum wahrnehmbar ein paar Grad kälter, der Himmel wird dunkler, und über dem Land geht öfter mal ein kurzer grauer Sprühregen nieder. Ab dem 15. August ist der klare Himmel nur noch Illusion, Chaos und Gewitter schleichen sich von der Küste an die Berge heran. Die Leute kramen ihre Pullover und Regenjacken wieder aus den Schränken.

Am Morgen nach dem Abendessen, einem hoffnungslosen Vormittag, behandelt Yannick gerade seinen Kater mit sprudelndem Aspirin, als das Telefon klingelt. Sofort erkennt er die heisere Stimme von Marguerite. Sie will unbedingt, dass er vorbeikommt, »ich habe zu viel getrunken, will mich entschuldigen, kommen Sie doch auf einen Kaffee zu mir«.

Yannick sagt nichts. Gedanken pochen ihm noch stärker als der Wein im Schädel. Hélène betrachtet ihn voll Zuneigung, so wie man einen alten, treuen Hund streichelt, aber Marguerite begehrt ihn, das hat er ihr gestern Abend deutlich angesehen. Nach allem, was der junge Mann über die Liebe weiß, begehren Männer Frauen, während diese, wenn man Glück hat, sich begehren lassen. Aber gestern Abend hat sie ihm von sich aus die Hand auf den Schenkel gelegt, und das hat ihn nicht kaltgelassen. Lust und Leid in einem. Sie hatte nur zu viel getrunken, dachte er danach beim Einschlafen, doch dieser Anruf jetzt elektrisiert ihn: Marguerite weiß, was sie will, die ziert sich nicht wie die Mädchen in der Schule, und diese Vorstellung verängstigt ihn genauso wie sie ihn erregt. Keine Frau hat ihn bisher jemals begehrt.

Ein paar Minuten später steht er vor der Tür des Herrenhauses.

Marguerite lässt ihn wortlos herein, gekleidet in ein weißes Seidenkleid mit tiefem Ausschnitt, ihr kurzes Haar über dem zarten Nacken, dasselbe Funkeln in den Augen, das ihn gestern so betört hat. Die zwei sehen einander an. Sie nimmt seine Hand und führt ihn die Treppe hinauf.

»Raymond ist wandern mit Lilly und Hélène, wir haben also mindestens zwei Stunden«, sagt sie, und ihre Stimme klingt wie eine Liebkosung.

Dann vergisst er einfach alles, Hélène, den jakobinischen Imperialismus, die Apotheke, den feinen Herrn Schriftsteller. Das Begehren einer Frau macht alles andere unwichtig. Die Zeit der Grübelei liegt hinter ihm, die der Erklärungen ist später an der Reihe. In diesem Augenblick gibt es nur ihren Duft, die Wärme ihrer Haut und die Art, wie sie ihn ansieht. Nicht wie eine Freundin aus der Schule, nicht wie eine Lehrerin und schon gar nicht so wie eine Mutter, nein, mit den Augen einer Frau, die sagt »Ich will dich«.

Ihre Lippen treffen sich, dann ihre Haut. Sie presst ihn an ihren sehnigen, schlanken Körper, hält ihn fest, führt ihn mit gieriger, bestimmter Hand, weiß, was sie tut. Sie streicht ihm über die heiße Stirn, deutet ein verschmitztes Lächeln an, wie um seine Erlaubnis einzuholen, bevor sie sich ganz auf ihn schiebt. Wie gelähmt sieht er sie an, voll konzentriert auf ihre Lust, woanders, unerreichbar. Dann sinkt sie auf ihn nieder, schmiegt sich einen Augenblick an seinen Hals, ehe sie sich von ihm löst, als käme sie endlich wieder zu sich. Sie geht ins Bad, lässt ihn ihre zierliche Hüfte, die perfekten Kurven ihres Pos bewundern. Als sie wiederkommt, ist sie frisiert und angezogen, geschminkt und wieder ganz Französischlehrerin, und das verwirrt ihn nur noch mehr. Also steht er auf, zieht sie ins Bett, und sie fangen noch einmal von vorn an, dann gehen sie hinunter in die Küche, so hungrig wie zwei Schiffbrüchige. Sie stellt zwei Gläser Rotwein auf den Tisch, dazu Reste vom Vorabend, die sie kalt verschlingen, ohne ein Wort zu reden. Die Katze springt ihm auf den Schoß.

Sie habe zu tun, sagt sie, werde in Brest erwartet, dann streicht sie ihm über die Wange und verschwindet ohne jede weitere Erklärung.

DÜSTERE GEDANKEN

Bois d'en Haut, Sommer 1994

Odette ist nun zur Matrone, ja eigentlich zur Chefin des Dorfs geworden, zur Herrscherin über die Frauen, die mit einem Satz über deren Ruf entscheidet. Inzwischen nennt man sie die Witwe Tanguy. Wehe allen, die ins Dorf ziehen, ohne ihr im Laden ihre Ehrerbietung zu erweisen.

Von all ihren Kundinnen hegte sie eine besondere Zuneigung zur Apothekerin – auch wenn die aus Ille-et-Vilaine stammte –, die sie gebeten hatte, die Patentante ihres Sohns Yannick zu werden. Als der Kleine auf die Welt gekommen war, hatte sie ihm ein Zimmer über dem Laden eingerichtet, mit allem, was man braucht: eine große weiße Wiege mit Spitzendeckchen, einen Wickeltisch, einen hölzernen Laufstall. Angesichts der im Winter perfekt gefaltet im Schrank liegenden Strickpullis und den Stofftieren auf dem Bettchen hätte man es für ein Werbefoto in einem Babymagazin halten können. »Wenn er mal eine Nacht wo unterkommen muss, ist hier alles bereit«, teilte sie den etwas verlegenen Eltern mit. Yannick schlief niemals bei seiner Patentante, aber nach der Schule kam er oft auf einen

Snack vorbei, auf eine heiße Schokolade und dicke Butterbrote.

Sie hütete ihn wie ihren Augapfel. Er war das Kind, das sie nie gehabt hatte. Irgendwann würde er heiraten, dann könnte sie in Frieden abtreten. Als er seine Freizeit immer öfter mit Hélène verbrachte, erträumte sie sich Großes für die beiden: eine Hochzeit. Ihr Patenkind und die Enkelin von Alexine, ihrer besten Freundin, eine ideale Verbindung. Das perfekte Paar und die Gewissheit, dass der Geist des Dorfs sie beide überleben würde.

Jeden Abend half sie Yannick bei den Hausaufgaben und übte mit ihm Diktate und Grammatik.

»Wie, du kannst keinen Konjunktiv, was bringen die euch denn da bei, in dieser Schule? Geht doch gar nicht, dass man so was nicht kann in deinem Alter. Was ist dein Lehrer denn für eine Pflaume?«

Im Gegenzug fragte er sie über den Krieg und ihre Kindheit im Dorf aus. Er interessierte sich für jede Kleinigkeit: Wer war in der Résistance, wer hat kollaboriert? Wer war denunziert, verhaftet oder hingerichtet worden? Von wem? Wieso? Mit der Zeit wurde Odettes Vater zu seinem Helden. Als sie ihm erzählte, dass der im Lager von Châteubriant bis zu seinem Tod Bretonisch unterrichtet hatte, schrieb er sich sofort für einen Abendkurs ein.

Noch heute besucht Yannick die Witwe jeden Samstag, doch seit einer Weile kommt sie ihm verändert vor. Sie lächelt nicht mehr so wie früher, kratzt sich pausenlos den Kopf, kann kaum noch still dasitzen. Am Abend vor dem Essen im Herrenhaus hat er ihr erzählt, die Französischlehrerin habe Hélène seltsame Ideen in den Kopf gesetzt, mit ihr über Paris gesprochen, über ein Studium dort, und die sei seither nicht mehr dieselbe.

»Die Französischlehrerin, hm? Die hat sich hier im Laden lustig über uns gemacht, mit ihrem schicken Auto und den hohen Absätzen. Die hab ich gefressen wie zehn Pfund Schmierseife.«

Schweigend tranken Yannick und die Witwe Tanguy danach ihren Kaffee aus, beide tief versunken in düsteren Gedanken.

WALDSPAZIERGANG

Am Samstag, dem 17. August, liegt Hélène trübsinnig im Bett. Seit der Szene beim gestrigen Abendessen hat sie Angst vor diesem merkwürdigen Paar, vor Marguerites Gleichgültigkeit genauso wie vor Raymonds Interesse. Die Worte der Witwe Tanguy hallen ihr in den Ohren wider: »Halt dich von diesen Leuten fern, die bringen dir nur Unheil.«

Eine Stunde später schellt es an der Tür. Sie öffnet das Fenster, und Raymond lächelt ihr entgegen. Hinter ihm steht Lilly, mit Lord Byron an der Leine.

»Wir wollen im Wald spazieren gehen, würdest du uns führen?«

Angesichts von Lillys hoffnungsvollem Blick und Raymonds sanfter Stimme schnappt Hélène trotz allem ihre Jeansjacke und geht zu ihnen hinunter.

»Und was ist mit Ihrem Buch?«, fragt sie Raymond, als sie aus der Tür tritt.

»Der Wald wird mich inspirieren«, antwortet er und tippt auf ein aus seiner Tasche ragendes Schreibheft.

Raymond, Lilly, Hélène und der humpelnde Hund gehen einen steilen Pfad am Fluss entlang, den sogenannten »Pfad der Liebenden«, gesäumt von Brombeeren und hohem Farn. Schon nach wenigen Metern betreten sie eine andere Welt: Auf einmal öffnet sich der erstickende, von der Böschung begrenzte Weg auf einen weiten Horizont. Eine weitere Stunde später gibt es gar keinen Weg mehr, und sie klettern immer der Nase nach durch ein Labyrinth aus Felsen. Manche Passagen sind so eng, dass sie sich hintereinander hindurchzwängen müssen. Die zierliche Lilly kommt bestens voran, die beiden anderen halten nur mühsam mit ihr Schritt. Das Rauschen des Winds in den Bäumen versetzt Raymond ins Schwärmen, wie eine Symphonie, sagt er, und dazu diese Wolken, die durch den Himmel rasen, als wäre die Sonne hinter ihnen her. Hélène lächelt über seine Höhenflüge, und sein Grinsen wird noch breiter. Ein vom Besuch von Menschen überraschter Hase hoppelt aus dem Gestrüpp, hält kurz inne, beäugt sie und verschwindet wieder im Heidekraut, den humpelnden Hund auf den Fersen. Völlig aus der Puste erreicht der kleine Trupp endlich den Wasserfall und lauscht schweigend seinem Grollen, das beinahe klingt wie ein erstickter Schrei. Der Boden hier ist rutschig, ein falscher Schritt, und die Strömung reißt einen mit in den Abgrund. Lilly erkennt die Gefahr und klammert sich an ihrem Vater fest. Über ihren Köpfen ballen sich langsam schwarze Wolken. »Nach Hause?«, fragt sie.

Plötzlich wird Hélène bewusst, dass sie den Wald wie ihre Westentasche und zugleich überhaupt nicht kennt. Sonst war er ihr stets ein vertrauter Zufluchtsort, heute ist er ein Mysterium. Die Felsen scheinen sie zu belagern, die Buchen und Kiefern warten gaffend auf den Ausgang der Geschichte wie der Chor in einer griechischen Tragödie.

»Kennst du eigentlich die Legende von Dahud?«, fragt Raymond, wischt sich den Schweiß von der Stirn.

»Wie geht denn Ihre Version?«

»Dahud, die Tochter von König Gradlon, ließ jeden Abend ihren neuesten Liebhaber von der Klippe stürzen, nachdem sie sich mit ihm vergnügt hatte«, doziert Raymond, der seinen Reiseführer gründlich studiert hat. »Das Brausen des Wasserfalls ist in Wahrheit das Röcheln der Liebhaber, deren Seelen im Fels gefangen sind.«

Hélène denkt an Yannick, mit dem Schluss zu machen sie einfach nicht über sich bringt.

»Ich kann Dahud gut verstehen«, seufzt sie. »Seine Liebhaber von der Klippe zu stürzen, ist bestimmt nicht die schlechteste Weise, sich klammernde Typen vom Hals zu schaffen.«

Und berauscht vom Tosen der Strömung und dem Abgrund zu ihren Füßen fragt sie:

»Fühlen Sie sich beim Schreiben manchmal einsam?«

Er hält einen Moment inne, ehe er erwidert:

»Nein, wenn ich mir meine Geschichten ausdenke, fühle ich mich nie allein, ich habe ja meine Figuren, um die muss ich mich kümmern. Einsam fühle ich mich nur mit anderen, vor allem unter Männern, mit ihrer Eitelkeit und Grobheit.«

»Und wovon handelt Ihr nächster Roman?«

Raymond verzieht das Gesicht.

»Ganz ehrlich? Ich weiß es selbst nicht, bisher habe ich noch nicht viel Brauchbares zustande gebracht.«

Drückende Stille, dann:

»Normalerweise fange ich mit einer ganz banalen Situation an. Zum Beispiel will mein Held von einem Wochenende auf Korsika nach Hause fliegen, aber ein Sturm hält ihn am Flughafen fest. Da taucht ein elegantes Paar von unbestimmtem Alter auf. Mein Kommissar ist hingerissen von der schönen Frau. Er lässt sie nicht aus den Augen, doch als er näher kommt, merkt er, dass sie kreidebleich ist und offensichtlich Angst hat. Und zack, schon läuft mein Hirn auf Hochtouren, und der Roman kommt ins Rollen. Bloß habe ich dieses Jahr zwar eine Menge Ideen für Figuren und Geschichten, weiß aber einfach nicht, wo ich anfangen soll. Ich glaube, ich habe die Nase voll davon, mir Sachen auszudenken. Viel lieber möchte ich erzählen, was in der Wirklichkeit passiert. Hier, zum Beispiel.«

Er setzt sich auf einen Stein und fährt fort.

»Die Wahrheit ist, je länger ich hier lebe, desto weniger ist mir nach schreiben. Das Leben hier ist viel interessanter als jede Fiktion, da muss man sich nichts ausdenken, nichts vorstellen, nicht mogeln.«

»Aber was tun Sie denn dann immer den ganzen Nachmittag in Ihrer Hütte?«

»Ich lese viel. Und manchmal sehe ich euch beiden zu, wie ihr euch Geschichten ausdenkt oder auf die Bäume klettert. Das ist ein viel interessanteres Schauspiel als die Abenteuer meines depressiven Bullen.«

Raymonds Worte verwirren und verunsichern Hélène, erregen sie allerdings auch. Warum sollte er ihr all das erzählen und sie zugleich behandeln wie ein Kind?

Der Abstieg ist mühsam, der Hund hechelt vernehmbar und humpelt immer stärker. Die Wanderung ist ihm zu viel. Immer wieder legt er sich ins Moos, um durchzuschnaufen. Lilly zieht dann sanft an der Leine, und er schleppt sich ein Stückchen weiter, ehe er sich nach wenigen Metern wieder hinlegt. Schließlich erbarmt sich Raymond und nimmt ihn auf den Arm, und Hélène hilft ihm dabei, aus ihrem Halstuch eine Trageschlinge für den Hund zu binden. Der legt seinem Herrchen die Schnauze auf die Schulter, und die vier setzen den Abstieg fort, von der Symphonie des Wasserfalls gewiegt.

Als sie am späten Nachmittag das Herrenhaus erreichen, erwartet die Haushaltshilfe sie mit besorgter Miene vor der Tür.

»Mademoiselle, schnell, Ihre Mutter hat jetzt schon mehrmals angerufen.«

Das hat Hélènes Mutter noch nie getan – etwas Gutes hat das garantiert nicht zu bedeuten.

»Sie wartet im Krankenhaus auf Sie. Ihr Vater ist gestürzt und hat sich die Schulter ausgekugelt.«

Hélène kommen die Tränen. Ihr Vater, der Held, der sie immer vor allem beschützt hat, ist bloß noch ein Hampelmann, der nicht einmal mehr alleine gehen kann.

Raymond lächelt mitfühlend.

»Oje, das tut mir leid. Komm, ich fahre dich ins Krankenkaus. Du kommst auch mit, Lilly.«

Hélène lässt sich von Raymonds Stimme tragen. Er fährt schnell, geschickt und selbstbewusst. Als er vor dem Krankenhaus hält, wagt er nicht, sie anzusehen. Hélène will das Schweigen nicht brechen, die Flamme nicht ersticken, nicht aus dem Wagen steigen, solange sie dieselbe Luft wie er atmet. Hier, in diesem geschlossenen Raum, existiert das Unheil gar nicht. Auch Lilly bleibt stumm. Selbst mit ihren zehn Jahren erkennt sie die leisen Töne der Verzweiflung.

Zu gern hätte Hélène, dass er sie ganz weit fortbringt, weit fort vom Wald und den Granitfelsen, weit fort von dieser Krankheit. Dass er ihr all die Orte mit den magischen Namen zeigt, Paris, das Quartier Latin, die Sorbonne.

»Na los, Hélène, die warten auf dich.«

Kraftlos und mit schwerem Herzen steigt sie aus.

Die Besuchszeit ist seit 17 Uhr vorbei, doch die Schwestern lassen sie trotzdem herein. In ihren Augen liest sie Mitgefühl, das arme Kind, viel zu jung für eine solche Prüfung.

Vor dem Zimmer ihres Vaters ringt sie vergeblich mit den Tränen. Ob sie um den hinter dieser Tür liegenden Vater weint oder um den ins Herrenhaus zurückkehrenden Raymond, weiß sie selbst nicht recht.

Sie setzt sich auf die Bettkante. Ihr Vater lächelt mühsam. Eine Infusion tröpfelt in seine Venen. Hélène erzählt ihm von Raymond und Marguerite, von dem blühenden Garten mit dem riesigen Felsblock in der Mitte, von dem dreieinhalbbeinigen Hund, von Lillys

Kunststücken in der alten Platane. Sie hält seine Hand ganz fest, und er spricht zwar kein Wort, doch sie sieht seinen Augen an, dass er ihr zuhört. Ein neugieriger, konzentrierter Blick, wie ein Kind, das einem Zauberer lauscht. Ihre Geschichten scheinen einen Sinn zu bergen, den nur er allein versteht. Mit schwacher Stimme sagt er schließlich:

»Nimm dich in Acht vor den Leuten im Dorf. Die beobachten dich, und die reden.«

Lächelnd drückt sie seine Hand noch fester.

»Keine Sorge, Papa.«

Die Leute und ihr dummes Zeug, die können uns kreuzweise, hat er ihr immer gesagt. In deren winzig kleiner Welt muss man den Kopf schön gerade halten, wie die Giraffe zwischen den Schakalen.

Als sein Atem immer regelmäßiger wird, zählt sie im Kopf bis sechzig und schleicht sich dann aus dem Zimmer. Sie spürt, dass er auf einem schmalen Grat zwischen Tod und Leben balanciert und jeden Augenblick abstürzen könnte.

Solange alles in Ordnung ist, achtet man nicht weiter auf einen Wimpernschlag, auf die Wärme einer Hand. Man ist sich nicht bewusst, dass man lebendig ist, dass genau das ein Wunder bedeutet. Wenn aber der Tod naht, klammert man sich an jedes Quäntchen Leben, an jede ihm noch abgerungene Sekunde. Und angesichts der Krankheit wird man eins mit dem, der geht. Wie eine Mutter und ihr Säugling. In Erwartung des Todes zeigen wir uns von der besten Seite. Keine kleinlichen Streite und Gemeinheiten mehr, all das wird auf später oder nie verschoben. Man lebt in einer geschlossenen, entrückten Welt, und das Warten ist der einzige Horizont.

Als Hélène aus dem Zimmer tritt, läuft sie ihrer Schwester Françoise in die Arme, atemlos, glühende Wangen: »Hast du gehört? Yannick ist verhaftet worden!«

Als Marguerite am nächsten Tag die Augen aufschlägt, sieht sie Yannick vor sich, seine geschwungenen, wie zum Küssen gemalten Lippen, seinen drahtigen, muskulösen Körper. Plötzlich muss sie an Madame Bovary denken. In ihrer Jugend, als sie alles besser wusste, hat sie sich über deren unrealistisches Bild der Liebe lustig gemacht, über die erotischen Träumereien, mit denen sie sich den langweiligen Alltag verschönerte. Heute ist sie selbst Madame Bovary. Was für ein Irrsinn! Aber zum Glück ist da ja noch ihr großes Projekt, das sie Raymond heute vorstellen wird. Sie hat einen Termin mit dem Architekten an der Mädchenschule.

Wenige Stunden später schlendern Raymond und Lilly dort von Raum zu Raum und lauschen aufmerksam den Erklärungen von Marguerite, die von Jacques-Henri und einem eigens aus Quimper gekommenen Herrn flankiert wird.

»Die Klassenzimmer werden Ausstellungsräume«, sagt sie mit großen Gesten. »Oben im Schlafsaal werden Gastkünstler untergebracht, das Rektorat wird die Bibliothek, in den Speisesaal kommt ein Restaurant für die Touristen. Und der überdachte Innenhof ist perfekt für Schriftstellertagungen.«

Raymond lässt sich Zeit, bleibt in jedem Zimmer lange stehen, ist ganz verführt vom Zauber des Gebäudes.

»Ich glaube an ein Gedächtnis der Orte«, fährt Marguerite fort. »Hier wurden Generationen von Mädchen erzogen und ausgebildet. Wir setzen diese Arbeit fort: Im Winter werden in der Schule Residenzen für Künstlerinnen aus der ganzen Welt angeboten, im Sommer werden Autorentreffen ausgerichtet.«

»Und eine Galerie für zeitgenössische Kunst kommt auch rein«, ergänzt Jacques-Henri. »Bislang muss man hier in der Gegend den Zug nehmen, wenn man ein Kunstwerk sehen will. In Zukunft kommt die Kunst zu uns!«

»Clever«, sagt Raymond und schmunzelt anerkennend.

Er wirkt froh und stolz darüber, dass Marguerite sich in dieses Projekt gestürzt hat. Sie strahlt wie ein kleines Mädchen, das einen guten Witz gemacht hat.

Lilly saust auf ihren Rollschuhen durch die Räume, fühlt sich im zukünftigen Palast ihrer Mutter bereits zu Hause.

Der Architekt wirkt noch etwas perplex angesichts des Ausmaßes der anstehenden Arbeiten, hält Marguerite vermutlich für übergeschnappt, doch er erhebt keinen Einspruch. Erst nach Ende der Begehung fragt er:

»Wollten Sie die Schule eigentlich nach außen hin öffnen oder lieber die hohen Mauern bewahren? Heute hat man ja eher Glasfassaden. Schade natürlich, dass das Gebäude sich so vom Wald abwendet, aber was halten

Sie davon, es auf die Felsen zu öffnen, auf die Straße? Das würde das Ambiente etwas auflockern, momentan ist das ja doch ein wenig ... na ja, kerkerhaft.«

Noch ehe Marguerite antworten kann, steht auf einmal ein Mann mit scharlachrotem Gesicht vor ihnen.

»Herr Bürgermeister«, ruft sie freudig aus, »Sie kommen gerade recht, wir stoßen auf die Rettung der Mädchenschule an!«

Doch der Ortsvorsteher blickt auf seine Schuhe und murmelt:

»Also, ähm, die Schule steht gar nicht mehr zum Verkauf. Die gehört jetzt einem Unternehmer, der Altenheime baut. Aber richtig erstklassige Altenheime, nicht, dass Sie jetzt denken ... Jedenfalls, tut mir leid, aber aus Ihrem Projekt wird leider nichts.«

Dann verschwindet er ohne ein weiteres Wort. Blass wie ein Éclair lehnt Jacques-Henri sich an eine Linde.

Später am Tag besucht Marguerite den jungen Mann noch einmal. Nach mehrfachem Klopfen kommt er endlich an die Tür, mit versteinerter Miene und einer großen Rolle Klebeband in der Hand. Marguerite wird mit dem Bürgermeister reden, verspricht sie, das lässt sich sicher alles regeln. Ein Altenheim, können diese Leute sich denn wirklich nichts Besseres für ihr Dorf ausmalen? Sollen die Leute denn in dieses sterbende Kaff auch noch von anderswo zum Sterben kommen?

»Ich bringe dem Bürgermeister schon noch bei, dass die hier Kunst und Jugend brauchen.«

»Können Sie sich sparen. Klappt sowieso nicht. Sollen die ihre Schule doch in ein Hospiz umwandeln, so schließt sich der Kreis, von mir aus können sie alle draufgehen. Ich packe meine Koffer. Ich hab die Schnauze voll von diesen Idioten, ich geh wieder nach Quimper.«

DIE SEINEN SCHÜTZEN

Der Empfangsbereich der Vollzugsanstalt von Brest riecht nach Urin und Verzweiflung. Durch den Gang zum Besuchsraum hallen Schreie und Gemaule.

Auf einem Plastikstuhl wartet Odette auf ihren Patensohn, ausdruckslose Miene, die Handtasche fest umklammert. Sie trägt ihr dunkelblaues Samtkostüm, ihren Sonntagshut und die vorn viel zu engen Lackschuhe. In der Tasche hat sie Yannicks Lieblingskuchen, einen Fondant aus Karamell und gesalzener Butter, und außerdem neue Klamotten aus der teuersten Boutique in der Rue de Siam in Brest sowie ein dickes Bündel aus Fünfhundert-Francs-Scheinen. Vielleicht helfen die ihm ja aus diesem Loch.

Seit Yannicks Verhaftung fühlt sie sich, als wäre sie aus einem langen Schlaf erwacht. Den Laden hat sie einer Nachbarin anvertraut und brütet den ganzen Tag an ihrem Küchentisch über den Urteilen gegen die bretonischen Widerstandskämpfer. Vom Notar hat sie die Nummer eines Anwalts in Châteaulin erhalten, der Nationalisten verteidigt. Ihren letzten Centime würde sie dafür geben, Yannick da rauszuholen, widmet all ihre Kraft diesem Kampf. Ihr Leben war nur ein langes, belangloses Martyrium, seines soll grandios werden.

Als er endlich vor ihr steht – fettiges Haar und blass wie ein gepelltes Ei –, verspürt sie einen scharfen Stich in der Brust. Ihr Leben lang hat sie Ungerechtigkeiten eingesteckt, aber die, die jetzt ihrem Yannig widerfährt, ihrem ganzen Stolz und einzigen Angehörigen, die kann sie nicht ertragen. Nicht vor Enttäuschung oder Trauer wird ihr schlecht, sondern vor blankem, reinem Hass auf diese Leute, die es gewagt haben, ihren Jungen in den Knast zu stecken.

Doch sie hat sich geschworen, vor ihm nicht zu weinen, also verkneift sie sich mit aller Kraft die Tränen, wie sie es so oft in ihren Dienstmädchenjahren in Paris getan hat.

»Hallo, Patentante«, sagt Yannick, der seine Tränen nicht zurückhält.

»Kriegst du hier auch genug zu essen? Du bist ja weiß wie ein Betttuch.«

»Doch, ja, kann nicht klagen.«

»Und du schläfst auch gut?«

»Ja, schon. Ist in Ordnung.«

»Wir holen dich da raus, mein Junge«, flüstert sie durch das Plexiglasfenster, »aber du musst mir alles erzählen.«

Also erzählt Yannick ihr, was er bereits der Polizei gesagt hat, vom Stolz darauf, eine vergessene Kultur zu bewahren, von seiner Verantwortung für die unterdrückte Heimat und davon, wie er auf die Organisation gestoßen ist.

»Ich muss oft an deinen Vater denken, an Doktor

Bozec, daran, was er für die Bretagne getan hat, an seinen Widerstand gegen die Besatzer. Ich wäre so gern wie er gewesen. Ein Held.«

Und nach kurzem Zögern fährt er fort:

»Ich glaube, ich hab mich von dieser blöden Kuh verarschen lassen wie der letzte Vollidiot.«

»Warte mal, warte, nicht so schnell, was denn jetzt für eine Kuh?«

»Na, diese Französischlehrerin. Marguerite Renaud. Die hat was gegen uns Bretonen, gegen unsere Sprache. Hat praktisch gesagt, wir Autonomisten seien alle Nazis.«

Während er berichtet, schwankt die Miene der Alten zwischen Wut und Überraschung hin und her.

»Unter Garantie hat die mich angeschwärzt, wer aus dem Dorf soll das denn sonst gewesen sein?«

Odette bleibt stumm, ist versunken in Gedanken. Sie dachte eigentlich, sie hätte dem Dorf diese aufwieglerische Zugezogene vom Hals geschafft, indem sie dem Bürgermeister verboten hat, ihr die Mädchenschule zu verkaufen, wo all die alten Frauen das Lesen und Schreiben gelernt haben. Aber sie hat zu lange gezögert, und dieses ruchlose Biest hatte den Brand bereits gelegt.

»Du hast dir nichts vorzuwerfen«, schließt die Witwe Tanguy dann, indem sie eine Fliege an der Glasscheibe erschlägt. »Du bist hier das Opfer, ich regle das schon, keine Sorge.«

Sie gibt ihm den Kuchen und das dicke Päckchen mit den neuen Kleidern.

»Nächste Woche bist du hier raus, und wir stoßen an.«

Später, unter einem schwarzen, gewittrigen Himmel, geht Odette zu Fuß nach Moulin de la Vierge, zu Alexine. Die beiden Alten sitzen beieinander bis spät in den Abend.

Und das ist der Punkt, an dem die Geschichte endgültig aus den Fugen gerät.

GEHEIMNISSE

Der auf die Ankunft des berühmten Schriftstellers und seiner Frau wartende Hauptmann der Gendarmerie lässt einen Seufzer fahren. Eine seltsame Geschichte, wirklich. Ein paar Tage zuvor hat ihn zu seiner Überraschung früh am Morgen der Apotheker aufgesucht, der friedfertigste Mann im ganzen Dorf. Bestimmt ein Medikamentendiebstahl, dachte er zuerst. Aber nein, Vater Cariou, ein kleiner, hagerer Mann mit geschwollenen Lidern hinter seiner dünnen Brille, war gekommen, um ihm mit brüchiger Stimme zu gestehen, dass sein einziger Sohn Yannick eine Dummheit gemacht habe. Eine große Dummheit, im Zusammenhang mit der Explosion bei der Höhle, die vielleicht ein bisschen seine Schuld gewesen sei und weitere Dummheiten fürchten ließe, weshalb man dem besser einen Riegel vorschöbe, ehe es wirklich schlimm würde.

Seltsame Vögel, diese Leute hier, dachte der Hauptmann da. Kann der seinen Sohnemann nicht einfach übers Knie legen, damit ihm die Lust auf solche Dummheiten vergeht? Aus Erfahrung weiß er, dass man innerfamiliären Anzeigen besser mit Misstrauen begegnet; dazu hat er genügend vernachlässigte Frauen erlebt, die ihrem Mann irgendwelche Misshandlungen anhängten,

Kinder, die ihre Eltern einweisen lassen wollten und sie deshalb als seniler darstellten, als sie tatsächlich waren, und eifersüchtige Schwiegermütter, die ihre Schwiegertöchter erpressten. Aber einen angesehenen Mann, der seinen eigenen Sohn anzeigte? Das war neu.

Cariou senior hatte ihm den Schuppen hinter der Apotheke gezeigt. Den haben die Ermittler durchsucht und rasch ein ganzes Arsenal für angehende Terroristen entdeckt: Sprengzünder, schwarze Sturmmasken, Guerilla-Handbücher und Manifeste, die dazu aufriefen, »die französischen Besatzer zu vertreiben, die uns seit Jahrhunderten ruinieren und ausbeuten«. An der Wand hingen auf Bretonisch beschriftete Fotos von Feinden des keltischen Volkes: der Schulrektor, der Präfekt, die Geschäftsführer des Elektrizitätswerks und des McDonald's von Rennes und, zu guter Letzt, Raymond.

Fanch, Denez und Yannick wurden sofort verhaftet.

Zuerst stritten sie alles ab, knickten dann aber angesichts der erdrückenden Beweise kurz vor Ablauf der vierundzwanzigstündigen Gewahrsamsfrist doch noch ein und packten aus. Der Handel war simpel: Wären sie geständig, würde die Polizei ihnen glauben, dass die Explosion nur ein vom Grillfeuer bewirkter Unfall war. Tödlich war die ja ohnehin nicht gewesen, weil die Felsen rings um die Ladung die Druckwelle nach oben in den Himmel gelenkt hatten. Widerrechtlicher Besitz von Sprengmitteln, mehr würde ihnen nicht zur Last gelegt.

»Wenn ihr aber nicht gesteht«, hatte der Inspektor

erläutert, »geht es vors Schwurgericht. Und dann reden wir von Terrorismus, da wird ein ganz anderes Lied gespielt ...«

Jetzt steht das Ehepaar Renaud vor der Tür des Hauptmanns, und er bittet sie in sein winziges Büro.

»Sie sind Zielscheiben, seien Sie besser vorsichtig«, hat er den beiden am Telefon gesagt. »Damit ist nicht zu spaßen, es ist ein Wunder, dass bei der Hochzeit keiner umgekommen ist, die Explosion galt Ihnen«, log er, damit sie ihn ernst nehmen.

Davon, eine solche Berühmtheit in seinem Büro empfangen zu dürfen, fühlt er sich durchaus geschmeichelt. Und etwas gestresst. Wenn dem berühmten Schriftsteller oder seiner Frau etwas passieren würde, nachdem sie das Attentat bei der Hochzeit überlebt haben, wäre es aus mit seiner Karriere.

Hat man ihnen gedroht? Haben sie etwas Verdächtiges bemerkt? Das Gefühl, verfolgt zu werden? Marguerite schüttelt den Kopf.

»Sicher, hier und da gab es seit unserer Ankunft schon mal ein paar Reibereien, aber das ist längst vorbei.«

Der berühmte Schriftsteller hält sich bedeckt, überlässt den Umgang mit dem Polizeibeamten seiner Frau.

»Stimmt das, dass der junge Cariou vor ein paar Tagen bei Ihnen zum Essen war?«

»Ja, er ist der Freund unseres Babysitters, ein netter Junge, ganz sicher kein Mörder, wenn Sie mich fragen. Gewalttätig ist der bestimmt nicht. Ein bisschen überschwänglich, das schon, übertreibt ein wenig, wie

Jugendliche halt so sind, aber garantiert kein Terrorist. Mir ist das alles ein Rätsel.«

»Jemand, der das Foto Ihres Manns neben das des Präfekten pinnt und Sprengstoff im Wald versteckt, soll nicht gewalttätig sein? Mir scheint, da sind Sie ganz schön nachsichtig. Bitte rufen Sie mich sofort an, falls Ihnen irgendwas verdächtig vorkommt.«

Der Gendarm sieht ihnen nach, als sie hinausgehen, weiß genau, dass diese beiden ihm etwas verheimlichen. Wieso deckt die Frau den Hauptverdächtigen? Warum schweigt ihr Mann? Irgendwas entgeht ihm hier. Vor allem aber spürt er die Gefahr, die um dieses viel zu grelle, zu berühmte, von den Leuten hier viel zu verschiedene Paar herum aufzieht. Das wird ganz sicher nicht gut ausgehen.

Vor der Gendarmerie gehen Raymond und Marguerite schweigend zum Auto. Erst als die Türen zu sind, fragt Raymond:

»Was machen wir denn jetzt?«

»Du wirkst hier so glücklich ...«

»War ich auch, aber das war nicht echt. Du hattest recht. Es tut mir leid, diese Leute sind wirklich komplett bekloppt, neidisch und voller Hass.«

»Meine Mutter finde ich hier auch nicht. Ich dachte, ich laufe ihr einfach auf der Post oder im Kramladen in die Arme, und wir erkennen uns sofort und fallen einander um den Hals. Was für ein Blödsinn! Die wollen uns hier nicht. Ich habe ja gehofft, ich kriege sie früher oder später weich – oder setze mich durch, indem ich so stur bin wie sie, aber das war ein Schlag ins Wasser. Überall stoße ich nur auf bockiges Schweigen und giftige Blicke. Und wenn ich was Gutes für sie tun will, wirft der Bürgermeister mir Knüppel zwischen die Beine. Zurück nach Paris?«

»Zurück nach Paris.«

Langes, einhelliges Schweigen. Marguerite legt den Kopf auf Raymonds Schulter; schon lange waren sie einander nicht mehr so nah. Sie schließt die Augen, und seine durch ihr Haar streichende Hand fühlt sich unendlich sanft an. In Paris werden sie ein neues Leben anfangen. Aber vorerst lässt sie sich von seiner Zärtlichkeit einlullen.

MOND UND ERDE

Als Hélènes Vater aus dem Krankenhaus kommt, ist er nicht mehr derselbe. Der Krake in ihm ist gewachsen. Jedes Wort kostet ihn Mühe, er spricht fast gar nicht mehr, sitzt viele Stunden reglos auf dem Sessel, starrt sanft umnachtet in den Himmel und entfernt sich mehr und mehr von seinen Lieben.

Manchmal spielen sie zu viert Belote, mit Hélène als seiner Partnerin. Sie wählt Karo, ihr Vater hat den Buben, die wertvollste Karte, spielt aber auf Pik. Obwohl sie dieses Spiel schon tausendmal gespielt haben, versteht er offenbar die Regeln nicht mehr. Er grinst nur verwirrt, wirkt traurig. Sie spielen trotzdem weiter, damit alles genauso bleibt wie früher.

Er kann nicht mehr alleine stehen, versucht es aber trotzdem, seine Willenskraft will laufen, aber die Beine spielen nicht mit. Eines Nachts hört Hélène etwas auf die Holzdielen über ihr krachen – ihr Vater ist gestürzt.

Als sie ihm hilft, ein paar Minuten vor dem Haus auf und ab zu spazieren, zieht er ein Bein nach wie ein Kriegsversehrter. Sie spürt seinen zaudernden Gang, und er sagt, er sehe irgendwie verschwommen. Du brauchst neue Gläser, antwortet sie, als wäre die Brille das Problem.

Einmal, nach dem Mittagessen im Garten, stützt er sich an einen Baum und pinkelt gegen den Stamm. Peinlich berührt sehen die Mutter und die Töchter einander an und reden schnell über etwas anderes.

Zu Françoises fünfzehntem Geburtstag bestellen sie erneut einen zuckerfreien Kuchen, tun alle so, als wäre er köstlich, zwingen ihn herunter, pusten die Kerzen aus und klatschen, während ihre kleine Welt in Scherben zerfällt.

In der Nacht nach Yannicks Verhaftung hat Hélène einen merkwürdigen Traum. Im Krankenhaus liegt sie auf einem Feldbett neben ihrem Vater und lauscht auf seine Atmung, als ein vertrautes Motorengrollen sie aus dem Halbschlaf reißt. Sie springt auf, küsst ihren Vater auf die Stirn und steigt in den weißen Cherokee, der sie auf dem Parkplatz erwartet. Seite an Seite mit Raymond fährt sie einfach nur geradeaus, hinein in die rote Morgensonne. Egal wohin, Hauptsache fort von der Bretagne, von der Angst und vor dem Tod. Im Ohr hat sie Marguerites Worte »Das Schicksal aller Mädchen ist es, fortzugehen«. Ihre Stunde hat geschlagen, leichten Herzens blickt sie Richtung Horizont.

Fröstelnd wacht sie auf. Und sieht Yannick vor sich, in Handschellen, wie zwei Gendarmen ihn gerade in einen Kastenwagen stecken.

Als sie von der Verhaftung erfuhr, hat sie Erleichterung empfunden, ja sogar eine Art Befreiung. Yannick wurde zunehmend besessen, aggressiv, immer wütender auf Marguerite und Raymond. Und sie, außerstande, ihm zu sagen, dass sie ihn nie heiraten würde, dass seine

Zukunftspläne sie nichts angingen, schob den Konflikt, die Trennung immer nur weiter hinaus. Jetzt hatte die Polizei ihr diese Last abgenommen.

Am folgenden Montag geht sie früher als sonst zum Herrenhaus, möchte die beiden sehen, ihnen sagen, dass sie auf ihrer Seite ist, dass sie hierhergehören, trotz aller Gewalt und des absurden Hasses. Der Jeep steht vor dem Haus, aber Marguerite ist bereits weg.

Irgendetwas an Raymond ist anders. Wo er sonst mit dem Haushalt nichts am Hut hat, kocht er nun Kaffee, füllt dem Hund den Napf auf und räumt die Spülmaschine ein. Zum ersten Mal sieht sie ihn bei alltäglichen Verrichtungen. Lächelnd reicht er ihr eine Tasse Kaffee und sagt:

»Mädels, Marguerite hat uns das Auto dagelassen, ich fahre mit euch ans Meer.«

Bei der Wanderung zum Wasserfall hatte Hélène ihm erzählt, dass sie fast nie an den Strand ging, »das Meer ist weit weg, fast vierzig Kilometer, hier haben wir's eher mit dem Wald«.

Lilly springt ihrem Vater jubelnd auf den Arm.

»Das ist bloß wegen Hélène. Wenn sie da ist, verbringst du viel mehr Zeit mit mir.«

Raymond lächelt beschämt.

»Ein bisschen Seeluft kann uns allen nicht schaden.«

Verwirrt wendet Hélène sich ab und räumt den Mittagstisch ab. Er blickt auf die Uhr. Wir müssen uns beeilen, meint er, in zwei Stunden ist Flut.

Irgendetwas hat sich verändert. Etwas unendlich Kleines, eine neue Entschlossenheit in seinen Gesten, eine Zielstrebigkeit, die zu sagen scheint: Die Zeit drängt, kommen wir zur Sache, ehe es zu spät ist.

Im Auto auf dem Weg zum Meer bleiben sie still, wie aufgehoben von den Gezeiten.

»Ich zeige euch die Küste der Schiffbrüchigen«, sagt Raymond schließlich. »Die heißt so, weil die Bauern aus der Gegend ihren Kühen Laternen umgehängt haben, um die Schiffe zu täuschen, damit die am Strand oder den Felsen auf Grund liefen und sie ihre Fracht plündern konnten. Außerdem haben sie den Seeleuten die Kehlen durchgeschnitten, aber darüber steht nichts in der Broschüre vom Fremdenverkehrsamt.«

Am Parkplatz angekommen, steigen sie einen steilen Pfad hinab zum langen, mit riesigen Granitblocks übersäten Strand von Brignogan.

Hélène will von Raymond wissen, wie das Mittelmeer aussieht.

»Wie ein großer, stiller See. Das genaue Gegenteil des Ozeans, denn der bleibt nie derselbe. Hier sind die Gezeiten allmächtig. Sie ziehen die Wolken ab und schieben sie wieder zurück, werfen Schiffe auf den Sand und spülen sie wieder davon.«

Hélène denkt an ihren Großvater, den Hafenarbeiter, der vom Ozean lebte, ohne je über ihn zu staunen, der in ihm nur harte Arbeit, Profit und die mit den Schiffen kommenden Waren sah.

Ohne eine Spur von Scham wendet Raymond ihr den

Rücken zu, zieht sich aus und schlüpft in eine Badehose. Sein blasser, dürrer Körper scheint ihm kein bisschen peinlich zu sein: der Körper eines Parisers, scheinbar kaum der Pubertät entwachsen. Lilly zieht sich ebenso selbstverständlich einen Rüschenbadeanzug an.

Hélène beneidet die zwei um ihre Ungezwungenheit, behält ihre Sachen jedoch an, ist sich zu deutlich Raymonds Körper neben ihrem bewusst, seiner Haut. Sie hört sein Lachen, zugleich schwermütig und warm, und will die Luft sein, die er atmet, das Lied, das er summt, der Kieselstein in seiner Hand. Auflösen will sie sich in ihm.

Auf dem riesigen, menschenleeren Strand bauen sie erst eine Sandburg und dann zu ihrem Schutz einen Deich gegen die Wellen. Kleine Zweige mit Algenfetzen kommen statt Fahnen auf die Türme. Raymond und Lilly buddeln so entschlossen den Deich, als hätte der Schutzwall eine Chance gegen die ansteigende Flut. Als folgte auf den Tag nicht die Nacht, auf den Herbst nicht der Winter und auf das Leben nicht das Nichts.

Hélène streckt sich auf dem Sand aus und schließt die Augen. Wenn das Meer die Burg verschont, wird Gott ihren Vater retten.

Sie schläft ein. Und erwacht vom Schrei einer Möwe. Lilly und Raymond sitzen neben ihr und sehen dem Schauspiel der Wellen zu, die mit jedem Kommen und Gehen ein Stück der Burg forttragen.

»Woher kommen eigentlich Ebbe und Flut?«, will Lilly wissen.

»Aus einem Tanz zwischen Erde und Mond«, sagt Raymond, den Blick zum Horizont gerichtet. »Die beiden ziehen einander an, reiben sich gegenseitig. Die Anziehung des Monds kann zwar den Boden auf der Erde nicht bewegen, aber große Wassermassen schon, denn das Wasser will sich immer nur bewegen, weißt du. Das ist wie mit den Worten: Die bewegen zwar den Körper nicht, aber verändern die Gedanken und die Laune. So funktioniert das auch mit den Gezeiten, und ich kenne nichts Spektakuläreres.«

In der Ferne verschwimmen Himmel und Meer, bilden einen dunstigen Streifen. Über ihren Köpfen ballen sich viele niedrige Wölkchen wie eine Schafherde und verdecken auf einmal die Sonne. Eisige Kälte legt sich auf den Strand, Hélène klappert mit den Zähnen, und Raymond legt ihr seinen Pullover auf die Schultern.

Auf der Rückfahrt bringt Hélène den beiden die wenigen bretonischen Lieder bei, die sie kennt, und sie schmettern sie aus voller Kehle und verhunzen den Text. Sie lachen, und Hélène gibt ihnen Tipps, wie sie bretonischer klingen können: Wörter enden nie auf t, man fährt nach Bress, nicht nach Brest. Das französische *u* gibt es ebenfalls nicht, der »Bus« heißt nicht »büss«, sondern »böss«. Außerdem lässt man immer die letzten Buchstaben weg: Der Stümper ist ein *incapab',* kein *incapable.* Verneinte Sätze enden stets auf *toujours: j'en sais rien toujours, j'irais pas la voir toujours,* ich hab allemal keine Ahnung, ich gehe sie allemal nicht besuchen. Im Passiv verwendet man stets die Präposition *»avec«:*

J'ai éte mordue avec le chien, ich wurde mit dem Hund gebissen. Und die Betonung liegt immer auf der vorletzten Silbe. Die beiden üben und haben einen Riesenspaß. Einen Augenblick lang ist die Freude wieder da.

Als Raymond Hélène zu Hause absetzt, ist die von der Strandluft müde Lilly längst eingeschlafen. Raymond nimmt Hélènes Hand und drückt sie; kurz sitzen sie reglos da, und sie spürt Hitze in ihrem Bauch aufsteigen.

»Hélène, Ende des Monats gehen wir zurück nach Paris.«

Fassungslos sieht sie ihn an, glaubt, eine Träne über sein ungerührtes Profil fließen zu sehen.

Dann befreit sie ihre Hand aus seinem Griff und steigt aus, ohne ein Wort und ohne die Tür hinter sich zu schließen. Ihr Vater stirbt und Raymond geht. Ihr Leben wird in Stücke gerissen, es ist, als zöge man ihr den Boden unter den Füßen weg und sauge ihr die Luft aus der Lunge.

Drin sitzt ihre Mutter neben dem schlafenden Kranken, und Hélène kniet sich zu ihren Füßen, wie sie es als Kind oft getan hat. Auf das langsame, regelmäßige Atmen ihres Vaters konzentriert, gelingt es ihr, den Gedanken an Raymond zu verscheuchen, doch sobald sie ihm die kleinste Chance lässt, ist er wieder da und schwirrt ihr durch den Kopf.

TEUFELSGROTTE

Am Tag der heiligen Rosa steht Marguerite früh auf und öffnet die Fenster, um die Morgenluft aus dem Garten hereinzulassen. Die Entscheidung, nach Paris zurückzukehren, hat ihr neuen Schwung verliehen, beim Aufstehen spürt sie jetzt nicht mehr die schweren Ketten an den Beinen. Wohin mag der Wind mich tragen?, fragt sie sich. Welche Stimme ruft nach mir? Wohin führen meine Wünsche mich? Sie denkt an die unendlichen Möglichkeiten, die vor ihr liegen. Jetzt, wo die Abreise bevorsteht, fehlt das alte Herrenhaus ihr schon, das Knarzen seiner schweren Türen, das Knarren der Dielen, der Duft nach Wachs und Staub. Auch der niemals gleiche, bald feindselige, bald zauberhafte Wald dort draußen wird ihr fehlen.

Gegen Mittag, sie packt gerade Bücher in Kartons, ruft überraschend Alexine an.

»Man sieht dich ja gar nicht mehr, wo steckst du denn, jesses? Komm mal vorbei, ich erwarte dich gegen vier zum Kaffee.«

Marguerite zögert, sie hatte sich fest vorgenommen, heute die Kisten zu packen. Der Umzug naht, und weder Lilly noch Raymond kümmern sich um irgendwas. Aber kurz können die Kisten warten, eine zweite Sitzung mit der Kräuterfrau wird ihr garantiert guttun.

Auf dem Weg mit dem Rad nach Moulin de la Vierge spielt sie mit der verrückten Vorstellung, Alexine könnte plötzlich alles wieder eingefallen sein und sie hätte sie zu sich bestellt, um ihr von ihrer Mutter zu erzählen. Sie weiß, dass sie sich vermutlich nur die nächste Enttäuschung abholt, aber die Hoffnung ist stärker. Wie Unkraut ist sie: Man kann sie noch so gründlich ausreißen, sie wächst immer wieder nach.

Marguerite findet die gebeugte Alte in ihrem Garten vor, wo sie in ihrer schwarzen, abgewetzten Schürze mit bloßen Händen riesige Salatköpfe pflückt. Beim Anblick des großen Päckchens Salz wehrt Alexine ab.

»Jesses, ich kann dir doch die bösen Geister nicht andauernd austreiben, das ist kein Spiel, das ist gefährlich, am Ende weck ich die noch auf und mach sie wütend. Mit denen kann man nicht so einfach treiben, was man will.«

Sie wirkt erregt, nervös, die Schürze ist schmutzig, das Haar zerzaust, und ihre Hände zittern, als sie den Kaffee einschenkt.

»Kannst du vielleicht für mich in den Wald? Mein Bein macht mir zu schaffen, und ich hab nicht mehr genug Heidekraut für meinen Schwiegersohn, der Ärmste ist vom Krebs schon ganz *skouiz.*«

»Gern. Wo finde ich das denn, das Heidekraut?«

»Einfach immer am Fluss lang bis zum Teufelsfall. Oben am Wasser steht eine dreihundert Jahre alte Eiche, die wirkt Wunder, und an ihrem Fuß wächst ein Teppich blutrotes Heidekraut, das findet man nirgendwo sonst.

Ist ein ganzes Stück, aber wenn du gleich losgehst, bist du vor dem Abend wieder da.«

Marguerite blickt in den Himmel.

»Zieht da nicht ein Gewitter auf?«

»I wo, wenn der Wind vom Süden herkommt, gibt's Gewitter. Jetzt kommt er vom Westen, schau. Geh am besten gleich los, dann bist du umso schneller wieder hier.«

Mit diesen Worten, die weder zu einer Antwort noch zu Widerspruch einladen, widmet sie sich wieder den Salatköpfen. Marguerite ist verdutzt, freut sich aber, dass sie etwas für die Alte tun kann, schließlich hat die ihr beim letzten Mal wirklich geholfen. Außerdem ist das ihre letzte Chance auf einen Streifzug durch den magischen Wald, ehe sie der Gegend für immer den Rücken kehrt. Und blutrotes Heidekraut, mit dem man Krebs besiegen kann, ist doch wohl ein wenig Mühe wert.

Schon ist sie auf dem Waldweg, in Sandalen und einem leichten, schulterfreien Kleid. Das Laub knistert unter ihren Füßen, der Wind rauscht in den Zweigen, der Bach schlängelt sich brausend durch die Felsen. In der Ferne singt eine Lerche. Die unverschämt grüne Pflanzenwelt erinnert sie an die einsamen Sommer ihrer Kindheit, in denen sie durch den Bois de Boulogne stromerte und wusste, dass niemand sie vermissen und bei ihrer Rückkehr schelten würde. Die feuchte, wie von einem Festmahl satte Erde atmet einen Duft aus Wurzeln und frischem Moos.

Ein Stück weiter zerkratzen Brombeeren ihr Füße und

Waden. Mit klopfendem Herzen geht sie vorwärts, ohne sich umzudrehen, stets dem Tosen des Wasserfalls nach. Oben auf der ersten Anhöhe rutscht sie aus und rutscht auf dem Rücken wieder hinunter. Aber mit leeren Händen zurückkehren? Auf gar keinen Fall. Also rappelt sie sich auf, geht weiter. Ein Stück entfernt, am Fuß einer Böschung, liegt ein altes Auto auf dem Dach.

Nach einer Stunde Fußmarsch wird sie vom Regen überrascht. Dabei hatte Alexine doch noch gesagt, der Wind käme heute aus dem Westen. Sie geht schneller, macht immer größere Schritte. Raymond und Lilly wissen ja nicht einmal, wo sie ist. Nur die Alte weiß das. Ob sie hier wohl jemand hören würde, wenn sie schreit? Schon nach wenigen Minuten klebt das durchnässte, kalte Kleid an ihr, und sie schlottert am ganzen Körper.

Sie sucht einen Unterstand, findet jedoch keinen, es tröpfelt von den Bäumen, der Erdboden ist nur noch Schlamm, und die schwarzen, die Sonne versteckenden Wolken verwehren ihr jede Orientierung. Soll sie weitergehen oder besser zurück? Sie lehnt sich an einen Felsen, hofft, dort Kraft zu finden, aber auch er ist klitschnass vom Regen. Diese verfluchte Alexine und ihre Wettervorhersage! Was hat sie nur geritten, diesem albernen Gerede zu glauben?

Doch umkehren? Sie klettert einen steilen Hang hoch, rutscht ab, landet neuerlich im Schlamm, spürt, wie ihre Kräfte sie verlassen. Sie schließt die Augen, fühlt einen warmen Atemhauch im Nacken. Ist das etwa eine dieser Zauberinnen, von denen man sich hier erzählt? Oder

Ankou, der sich seine Seele holen kommt? Kauert er schon hinterm nächsten Abhang und wartet auf sie?

Kurz meint sie, die große Eiche zu sehen, doch der Umriss verschwimmt gleich wieder. Seit ihrer Kindheit hat sie oft denselben Albtraum: Sie will aus einem Zug steigen, aber die Türen schließen sich zu schnell. Bei jedem Halt versucht sie es erneut, scheitert aber jedes Mal. Sie ist unterwegs zu einem Ort, den sie niemals erreicht.

»Das Jenseits ist nah, man muss nur die Augen öffnen«, sagte Rimbaud. Sie öffnet die ihren, und da, inmitten einer Lichtung, steht wirklich die majestätische Eiche mit ihrer Krone aus Tausenden Ästen. Mit frischer Kraft überwindet Marguerite die letzten Meter, legt die Arme um den Stamm des alten Baums, atmet tief den Duft der Rinde ein. »Kein Wald riecht wie der andere«, hat Hélène ihr mal gesagt. Tiefe Ruhe überkommt sie.

Marguerite hat sich diesem Weg ganz allein gestellt. Erfüllt von neuer Entschlossenheit akzeptiert sie ihr Schicksal: Sie wird ihre Mutter nie finden, muss dieses Hirngespinst aufgeben. Jetzt, wo sie es im Gewitter allein zur Teufelsgrotte geschafft hat, wird sie auch ihren weiteren Lebensweg selbst finden. Von hier oben sehen die schwarzen Felsen dort unten aus wie ins Tal ragende Dornen. Eine atemberaubende Aussicht, wie ein Balkon zur Welt. Mit bloßen Händen pflückt sie Heidekraut, knapp zwei Dutzend Büschel mitsamt der Wurzeln, wie die Alte es ihr aufgetragen hat. Der Regen hat nachgelassen, wurde aber sofort durch vom Boden aufsteigenden Nebel ersetzt, der sie nun umhüllt wie eine Wolke.

Jetzt aber schnell zurück, Raymond macht sich bestimmt Sorgen. Um Zeit zu sparen, improvisiert sie eine Abkürzung und springt entlang des Wasserfalls hinab, von einem Fels zum anderen. Das Tosen ist ohrenbetäubend, der eisige Wind peitscht ihr ins Gesicht. Der Abstieg ist steil, die Felsen sind glitschig. Ein falscher Schritt und sie stürzt in die Tiefe.

EINSAMER MORGEN

Hélène bringt es nicht über sich, noch einmal zum Herrenhaus zu gehen. Wozu auch? Sollen die doch sehen, wo sie bleiben. Sie ruft an, um Bescheid zu sagen, und eine schluchzende Lilly nimmt ab.

»Mama ist weg. Gestern Abend nach dem Strand war sie nicht da, wir haben den ganzen Abend und die ganze Nacht gewartet, aber sie ist nicht nach Haus gekommen.«

»Wo ist dein Vater?«

»Die Nachbarn nach ihr fragen.«

»Ich komme.«

Hélène radelt so schnell sie kann, will ruhig bleiben, spürt aber Panik aufsteigen. Raymond erwartet sie schon vor dem Haus; das Gewitter hat einen großen Ast von der Platane abgebrochen, der nun herabhängt wie ein toter Arm und den Garten trostlos wirken lässt. In Raymonds Blick liegt eine Farbe, die Hélène gut kennt, aus den Augen ihrer Mutter in der Klinik: die Farbe der Angst.

»Ich hab ihre Kollegen angerufen, alle Krankenhäuser in der Gegend und die Gendarmerie. Auch im Ort habe ich rumgefragt, nirgendwo eine Spur von ihr«, sagt er. »Sie hat sich in Luft aufgelöst, und ihr Fahrrad ebenfalls.

Die Polizei glaubt, die verrückten Bretonen hätten sie entführt.«

Das Telefon klingelt, und Raymond nimmt hastig ab, reicht den Hörer dann aber enttäuscht Hélène.

»Deine Großmutter.«

»Hallo, Mamie Alexine, hat Mama dir die Nummer von hier gegeben? Ist alles in Ordnung?«

»Gar nichts ist in Ordnung, *moutik,* die Schmetterlinge gehen ein.«

»Was?«

»Die Temperatur im Gewächshaus, auf einmal wurd's da drin immer heißer, ich kriege es nicht gekühlt. Die armen Viecher schrumpeln nur so vor sich hin.«

Marguerite ist verschwunden, und Alexine erzählt ihr was von ihren Schmetterlingen. Hélène würde am liebsten schreien, doch da sagt ihre Großmutter:

»Gestern Mittag war sie hier bei mir.«

»Wer?«

»Na sie. Deine Lehrerin. Hat wissen wollen, wo die Teufelsgrotte ist. Mit ihrer Tochter hat sie hinwollen, glaub ich. Aber heute früh war ihr Fahrrad noch immer da.«

Hélènes Blut gefriert. Der Weg zur Teufelsgrotte ist der gefährlichste im ganzen Wald, lauter glitschige Felsen über dem reißenden Bach.

»Aber Mamie, wie konntest du sie da bloß hinlassen? Und das auch noch bei dem Gewitter?«

Stille. Dann:

»Das war ich nicht! Odette war das. Ihre Idee. Eine Schnapsidee war das!«

Hélène legt auf, hat plötzlich weiche Knie, spürt, wie die Angst ihr die Klauen in die Brust gräbt.

»Wir müssen die Polizei zur Teufelsgrotte schicken.«

Erneut klingelt das Telefon.

»Du musst schnell kommen«, wispert Hélènes Mutter. »Ich bin im Krankenhaus, mit deinem Vater, die Ärzte sagen, es geht zu Ende.«

Es geht zu Ende. Die einfachsten Worte genügen, um die letzten Augenblicke im Leben zu beschreiben.

Raymond ruft die Gendarmerie an, »wir schicken sofort einen Wagen«. Dann läuft er zu seinem Jeep und braust ohne Abschied los.

Hélène schwingt sich aufs Rad, zum Krankenhaus. Auf dem Weg erwischt sie ein Platzregen. Sie sind ihr wohlvertraut, diese kurzen Schauer im August, die allen Hoffnungen eine kalte Dusche verpassen und einen auf den Boden der Tatsachen spülen: das Ende der Ferien, der regnerische Herbst, der stets endlose Winter. Mit den kürzer werdenden Tagen kehrt die Beklemmung zurück, der Kloß im Magen. Schlagartig kommt man sich lachhaft vor, weil man geglaubt hat, dieses Jahr würde alles anders. Der Sommer ist vorbei, ihr Vater wird sterben, Raymond geht fort, und Marguerite ist verschwunden.

Als sie endlich vor ihrem reglos mit geschlossenen Augen daliegenden Vater steht, ist es bereits zu spät. Gestern Abend hat er mit seiner Frau *Moderne Zeiten* im Fernsehen geschaut. Irgendwann sagt Chaplin darin:

»I must be going.« Diesen Satz hat er mehrmals laut nachgesprochen. Vor seiner letzten Nacht.

Beim Verlassen des Krankenhauses trifft Hélène auf den Assistenzarzt, der sie am ersten Tag betreut hat. »Es ist vorbei«, sagt er. »Jetzt hat er endlich Frieden.« Richtig erleichtert wirkt dieser Kerl. Alles ist verlaufen wie nach Lehrbuch, Hélènes Vater hat zuerst den Verstand verloren, dann seine Bewegungsfähigkeit, dann die Sprache und schließlich auch sein Sehvermögen. Seine Vitalfunktionen haben immer weiter nachgelassen, bis zu jener letzten falschen Abzweigung bei Nacht, nach der er langsam erstickt ist. Kein Wunder ist passiert, kein göttlicher Eingriff in letzter Minute. »Gegen die Krankheit kommt man nicht an«, hatte der Spezialist mit den hellblauen Augen ihr prophezeit. Die Statistik aus dem Medizinlexikon hat gesiegt, und Hélènes Vater wird sich dem Volk der Toten anschließen, der Armee der Leichen, der Herde auf dem Gemeindefriedhof hinter der Kirche.

Vielleicht lernt er jetzt endlich den lieben Gott kennen, den er so geliebt hat, und findet einen Platz an seiner Seite. Vielleicht auch nicht.

Bei einem ihrer Waldspaziergänge im letzten Sommer hatte er ihr anvertraut: »Kinder großzuziehen heißt, sie mit aller Macht zu lieben, damit sie einen irgendwann verlassen. Eines Tages wirst auch du mich verlassen. Und du wirst keine Angst haben, weil du wissen wirst, dass ich dich geliebt habe.«

Aber Papa, jetzt verlässt du mich, und was soll nun aus mir werden?

SELTSAM WAR SIE SCHON

Am nächsten Morgen fischt die Feuerwehr gleich unterhalb des Dorfs eine Leiche aus dem Fluss, eingezwängt unter einem dicken Ast, einen Strauß rotes Heidenkraut fest in der linken Hand. »Sie muss irgendwo abgestürzt sein«, erklärt der Hauptmann, als Raymond sie identifiziert. »Eindeutige Schädelfrakturen, der Rechtsmediziner wird uns bald Genaueres sagen können. Die Streife hat gestern noch ihre Spuren beim Wasserfall entdeckt. Vermutlich wollte sie am Bach entlang absteigen und hat den Halt verloren. Außer ihren gab es keine Spuren, sie war offenbar allein.«

Noch am selben Abend wird Alexine zur Befragung einbestellt, denn sie hatte Marguerite als Letzte lebend gesehen.

Zunächst vergießt die Alte eine Träne, »so eine nette Frau, immer so schick, mir fehlen die Worte«. Die findet sie allerdings doch, als sie begreift, dass der Leutnant einen leisen Verdacht gegen sie hegt. Schließlich stand Marguerites Rad unweit ihrer Haustür.

»Für wen wollte sie das Heidekraut holen? Ihr Mann sagt, sie hätte sonst nicht mal Erdbeeren im Garten gepflückt. Wächst vielleicht Heidekraut in der Nähe Ihres Hauses?«

Alexine räumt ein, dass sie Marguerite darum gebeten hat.

»Aber warum haben Sie die Frau kurz vor dem Gewitter auf diesen gefährlichen Weg geschickt? Und erzählen Sie mir bloß nicht, Sie hätten nicht gewusst, dass es bald losgeht, Sie sind schließlich von hier.«

Unter dem Druck der Fragen des Gendarms gibt Alexine ihren Leichtsinn endlich zu.

»Leichtsinn nennen Sie das? Also ich nenne das Mord«, erwidert der Ermittler. »Zumindest aber fahrlässige Fremdgefährdung mit Todesfolge, und das werde ich auch dem Richter sagen, wenn Sie mir nicht helfen.«

Alexine zittert immer heftiger. Der Gendarm kommt ihr vor wie ein Feuer speiender Drache. Ihr ganzes Leben lang hat sie andere geheilt, und jetzt wirft man ihr einen Mord vor. Da bricht es aus ihr heraus:

»Ich will keine *reuz,* wir reden hier nicht schlecht über andere, geht uns nix an, aber über die hat man so allerhand gehört. Hat alles auf den Kopf gestellt im Dorf. Odette war das, die Witwe Tanguy, die hat die Idee gehabt, dass wir sie in den Wald schicken. Eine Lehre sollte der das sein. Aber jesses nee, wir wollten sie doch nicht umbringen!«

Die ebenfalls einbestellte Witwe Tanguy nimmt bei der Befragung kein Blatt vor den Mund.

»Diese Frau, die hat den kleinen Yannig geschurigelt, einen Jungen von hier, bloß weil der ihr Kontra gegeben hat. Gegen uns Bretonen hat sie was gehabt, drum hat sie ihn angeschwärzt, damit er ins Gefängnis muss.

Außerdem war sie halb *droch,* richtig einen an der Waffel hatte die. Hat sogar auf Behindertenparkplätzen geparkt. Wie kommt eine auch drauf, bei Gewitter mit Sandalen in den Wald zu gehen? Gibt's in Paris keine Stiefel? Ein Unfall war das, weiter nix.«

Als Nächstes befragt der Inspektor Marguerites Kolleginnen. »Seltsam war die schon«, lautet die einhellige Meinung. »Sie hat's einfach übertrieben, ihren Schülern Bücher ausgeliehen, sie zu sich nach Hause eingeladen. Und das ganze Ausflugsbudget verbraten, um mit ihnen ins Theater zu gehen. Nach Quimper!«

Der Richter nimmt ein Ermittlungsverfahren gegen die zwei alten Frauen auf, doch angesichts der Geringfügigkeit der Vorwürfe – sie hatten Marguerite schließlich zu nichts gezwungen – und des Mangels an Beweisen wird das bald wieder eingestellt.

Die Lokalzeitungen berichten von dem Vorfall, und die Frage »Selbstmord oder Unfall?« belebt einige Wochen die Gespräche beim sonntäglichen Mittagessen. Mit der Zeit wird die Erinnerung an Marguerite verblassen, andere Tode und Geburten werden sie unter sich begraben, wie die Flut unsere Fußspuren im Sand auslöscht. Bald wird sie nur noch eine unter vielen sein, die auf rätselhafte Weise in dem tiefen Wald verschwunden sind.

DAS FOTO

Odette sitzt allein in ihrer Küche und ist fest entschlossen, die Rückkehr ihres verlorenen, nun endlich freigelassenen Patensohns gebührend zu feiern. Der Richter hat sich für ein »Schwamm drüber« entschieden, und sie hat Yannig und seine Eltern zum Mittagessen eingeladen. Sie hat die Möbel aus gewachstem Holz abgestaubt und das Linoleum gebohnert. Alles soll perfekt sein.

Von der Anstrengung erschöpft macht sie nun Pause und schlägt den aktuellen *Télégramme* auf. Ein Schwarz-Weiß-Foto fällt ihr ins Auge, kommt ihr irgendwie bekannt vor. Sie kramt ihre Lupe aus der Besteckschublade und besieht sich das zarte, mickerige Mädchen genauer, das da in die Kamera lächelt, umringt von Gleichaltrigen vor einem Schild, auf dem steht »Bretonen von Saint-Denis«. Dann eilt sie auf den Dachboden und holt aus einem Karton die Metalldose, die ihre Erinnerungsstücke an Paris enthält, darunter der vergilbte, aber sonst noch gut erhaltene Artikel aus der *France Soir* mit ihrem Foto.

Sapperlot, dasselbe Foto, das ist sie! Ist das etwa eine Hommage an die nach Paris gegangenen Bretonen? Da hätte man sie doch wenigstens mal fragen können, ehe man das einfach abdruckt.

Dann liest sie den Titel des Artikels, und ihr bleibt das Herz stehen: »Marguerite Renaud – Lebenslange Suche nach der Mutter«.

Der Artikel handelt von Marguerite, die das Dorf gestern beerdigt hat. »Die gleich nach der Geburt von einer wohlhabenden Pariser Familie adoptierte Renaud war im Herbst den Spuren ihrer Mutter in die Bretagne gefolgt, doch sie zu finden, war ihr leider nicht mehr vergönnt.«

Odettes Hände zittern. Eine Verwechslung, ganz sicher, ein Missverständnis. Ihre Tochter ist seit fünfzig Jahren tot, sie sieht noch genau den Arzt mit den dichten Augenbrauen vor sich, wie er sich mit der Miene eines Überbringers schlechter Nachrichten über sie beugt. Fragen über Fragen bohren sich ihr ins Herz: Wieso hat sie ihre tote Tochter nicht sehen dürfen? Wie konnte ein rosiges, properes Kind in so kurzer Zeit sterben? Warum hat Madame ihr damals so viel Geld dagelassen? War das der Preis für ihre Tochter?

Ihr Leben lang hat sie auf ein Zeichen ihrer Tochter aus dem Jenseits gewartet, aber nie daran gedacht, hier auf Erden nach ihr zu suchen. Und jetzt hat sie sie umgebracht.

Sie hat ihre Tochter verpasst, ihr ganzes Leben.

Unbändige Trauer überwältigt sie. »Ich habe dich nicht weggegeben, nein«, schluchzt sie mit erstickter Stimme, während ihre Tränen auf die Zeitung tropfen.

AUFBRUCH

Eine Woche nach den Beerdigungen steigt Hélène zum ersten Mal im Leben ganz allein in den Zug nach Paris.

Als sie von den beiden Trauerfeiern nach Hause kam, wartete dort ein maschinengeschriebener Brief von einem Pariser Lycée auf sie. Ein Brief wie ein geheimes Portal in eine andere Welt, unberührt von Scham und Kummer.

Sehr geehrte Mademoiselle Kerity,
wir freuen uns, Ihnen mitteilen zu dürfen, dass Sie im Zuge des Nachrückverfahrens zum kommenden Schuljahr für die Abschlussklasse an unserem Institut zugelassen sind. Bitte finden Sie sich am 3. September für einen Rundgang mit unserem stellvertretenden Schulleiter M. Rivière in der Rue Clovis 23 ein.

Und ein handschriftliches Post-it ergänzte: »Danken Sie Ihrer guten Fee, unserer geschätzten Universitätskollegin Marguerite Renaud, für ihr schönes Empfehlungsschreiben.«

Marguerite hatte Hélènes Bewerbung für sie ausgefüllt und ihre Beziehungen für sie spielen lassen, um sie ans beste Lycée von ganz Frankreich zu bringen. Ohne ihr einen Ton davon zu sagen. Sie wusste genau, wenn sie ihr davon erzählt hätte, hätte Hélène sich geweigert. Auf keinen Fall hätte sie ihren Vater, den Wald, das Dorf verlassen wollen.

Im TGV, der sie von zu Hause fortträgt, geht ihr immer wieder durch den Kopf, was der Gendarmerie-Hauptmann gesagt hatte, der kleine, dürre Mann mit Boxerschultern, der in Zivil zu Marguerites Beerdigung gekommen war. Als sie den Friedhof verließen, hat er ihr die Hand auf die Schulter gelegt: »Schon gut, schon gut, Sie können ja nichts dafür.« Vielleicht. Doch dieses Nichts lastet nun schwer auf ihr.

Am Abend vor ihrer Abreise hat ihre Mutter sorgfältig die Wäsche in ihrem Koffer gefaltet und dann wortlos die Bücher für das kommende Schuljahr in Plastikfolie eingeschlagen. Auf dem Bahnsteig, in ihren Wollmantel gehüllt und dem Blick ihrer Tochter ausweichend, hat sie gestikulierend gemurmelt: »Zieh dich warm an. Und melde dich.« Hélène kommt ihrer Bitte nach, zu Anfang noch an jedem Abend, erzählt haarklein von ihrem Schultag und ihren Noten.

Bald vereinen die Herbstferien die Mutter und die beiden Töchter wieder, in einem merkwürdigen Happening, das daraus besteht, ganze Nachmittage lang das Grab des Vaters mit Lauge und Bürste zu schrubben und es mit frischen Sträuchern zu bepflanzen, kistenweise Fotos in thematisch geordnete Alben zu sortieren (Geburtstage, Urlaube, Weihnachten ...) und Hand in Hand zu beten, als riefen sie den großen Abwesenden um seine Hilfe an.

Nur einmal geht Hélène noch zu dem Herrenhaus.

Der abgebrochene Ast hängt immer noch an der Platane, und der Schuppen steht noch immer leer. Eines Tages wird Yannick ihn ganz sicher kaufen, denkt Hélène zu ihrer Überraschung.

Aus diesen düsteren Ferien kehrt Hélène zurück wie von zwei Wochen auf dem Mars, innerlich ausgelaugt und zugleich glücklich, wieder mitten in den Lichtern und dem Trubel von Paris zu sein. Die Vorstellung, Ende des kommenden Monats erneut in die Bretagne zu müssen, macht ihr Angst.

Und wirklich werden auch die Weihnachtsferien düster in diesem Haus ohne Vater, Krippe oder Tannenbaum. Die drei Frauen sind wie drei Planeten auf verschiedenen Umlaufbahnen, streifen ewig aneinander vorbei, ohne sich zu berühren, stoßen sich hin und wieder sogar ab. Françoise geht inzwischen auf die Berufsschule und verbringt die Tage mit ihren Freundinnen im Café. Hélène verkriecht sich in ihrem Zimmer, vertieft in die unzähligen Bücher, die sie fürs Lycée zu lesen hat. Wenn die Unterhaltungen nicht ins Bittersüße abgleiten, laufen sie immer häufiger ins Leere. Hélènes Mutter schläft viel und versenkt sich sonst in die nie endenden Haushaltspflichten, wobei sie lange, müde Seufzer von sich gibt.

Zurück in Paris ruft Hélène immer seltener an. Angeblich ist die Telefonzelle vor dem Haus kaputt und das Stadtviertel zu unsicher. An Ostern nutzt sie die Einladung einer Freundin, bei ihren Eltern auf dem Land zu lernen, als Ausrede, um nicht nach Hause zu fahren.

Schließlich wischt ihr exzellentes Abschlusszeugnis

noch die letzten Brücken weg, die sie mit Bois d'en Haut verbinden. Um ihren Erfolg zu feiern, richtet ihre Mutter eine Gartenparty aus. Yannick platzt mit ein paar ehemaligen Klassenkameraden herein, um das Schauspiel zu bestaunen, ehe sie zu einem Fest-Noz weiterziehen. Er beäugt Hélène wie eine Fremde, spricht mit ihr voll hinter Höflichkeit verborgener Galle und erntet das Gelächter all seiner Freunde, als er anmerkt, *»hypokhâgne«*, der Vorbereitungskurs für die Aufnahme an französischen Eliteuniversitäten, höre sich an wie eine Hautkrankheit.

Noch vor Sonnenuntergang sind alle Gäste fort, nur Hélène, ihre leicht angesäuselte Schwester und ihre stocknüchterne, traurige Mutter bleiben zurück: »Schade, dass dein Vater das nicht mehr erlebt hat, er wäre so stolz auf dich gewesen.« Hélène sieht ihr eindeutig an, dass sie nicht mehr auf dieser Welt lebt. Wie eine Insel, die sich vom Kontinent gelöst hat und hinaus auf hohe See treibt.

Die zehn Monate, die sie von zu Hause fort ist, wiegen an jenem Abend so schwer wie zehn Jahre. Alles kommt ihr unendlich weit weg vor, fremd und verblasst. Nur zwei Menschen leuchten noch in ihrem Geist und fehlen ihr: Marguerite und ihr Vater.

Marguerite, die so stolz auf sie gewesen wäre und deren Rat Hélène so gern genutzt hätte, um in der einschüchternden Welt der Hauptstadt zu überleben.

Ihr Vater, der das Meer für sie geteilt hat und ihr die Ziegel der Zuversicht für die Mauern gab, hinter denen sie nun Zuflucht findet.

RÜCKKEHR

Zwanzig Jahre später

Hélène steht zwischen den Bücherwänden ihrer Wohnung mit Blick auf die riesigen Sequoias und Blutbuchen des Jardin du Luxembourg, blickt aus dem Fenster in die Ferne und denkt an ihre bretonische Kindheit, in der das Leben so ruhig und selbstverständlich dahinfloss wie Quellwasser und schien, als würde es ewig währen. Den Duft des Walds nach einem Gewitter atmen, sich in Heuhaufen herumlümmeln, wilde Brombeeren pflücken – das Glück schien dort so einfach. Wenn sie versehentlich gegen einen Baum lief, legte Alexine ihr die Hand auf die schmerzende Stirn, und die Beule verschwand. Ihre Schwester nannte das »ihre magische Hand«. Seit wann hatte diese magische Hand die kindlichen Blessuren nicht mehr heilen können? Ab wann hatten selbst kleine Kratzer tiefe Narben hinterlassen?

Eines Morgens bringt die Post ein Paket mit zwanzig Exemplaren ihres ersten Romans, der ihrer aller Geschichte erzählt. Hélène setzt sich, betrachtet die beiden Stapel, die ihren Namen tragen. Und den ihres Vaters. Und in jedem Satz die Spuren von Marguerite. Diese beiden haben sie auf den Weg zur École Normale

Supérieure geführt, zur Lehrerlaubnis in Französisch, Latein und Altgriechisch und zu dem Elitekurs, den sie heute unterrichtet. So lang hat sie gebraucht, um ihre Kindheit zu vergessen, um sich eine unbelastete Gegenwart zu erfinden und ein neues Leben aufzubauen. Und dann, eines Abends, kamen gegen ihren Willen die Erinnerungen wieder, schmerzhaft und präzise wie Harpunen, und ergossen sich in ein Notizheft, und dann in noch eins und noch in ein drittes.

Jetzt, wo die Geschichte sicher in einem Buch verpackt ist, hat sie keine Angst mehr. Mit drei Klicks kauft sie ein Ticket nach Morlaix, kann kaum glauben, dass ihr das so leichtfällt, dass ihre behutsam aufgebaute Festung sich als Kartenhaus erweist. Und dass sie zu Fuß nur eine Viertelstunde bis zum Bahnhof Montparnasse braucht.

An dem Novembertag, an dem sie in das Dorf zurückkehrt, strahlt die Sonne hoch am Himmel und lässt den See genauso glitzern wie an den schönsten Tagen ihrer Kindheit.

Und doch ist alles anders. Am Ortsrand haben ein großer Supermarkt und Dutzende identische Einfamilienhäuser die Obstgärten und Felder von früher verdrängt. Anstelle des Dorfladens verspricht jetzt ein neongelb beleuchteter Automat eine »Pizza wie selbst gemacht in weniger als zehn Minuten«. Das Schaufenster der Apotheke hat den kleinen Blumenladen nebenan verschluckt, und das Schwimmbad auf dem Campingplatz ist nicht gefüllt, wodurch der aussieht wie ein altes, verlassenes Filmset.

Hélène parkt ihren Mietwagen am Dorfplatz und atmet tief die frische Luft ein, so, wie sie es immer getan hat, ehe sie mit ihrem Vater in den Teich sprang. Dann geht sie zum Friedhof, wie früher nach der Messe stets mit ihrer Mutter.

Der adrette Friedhof ihrer Kindheit mit seinen blühenden Gräbern und blitzenden Stelen wirkt verlassen. Unkraut wuchert, Sträuße sind vertrocknet, die Feuchtigkeit hat den Marmor gelb und den Granit grün werden lassen, rote Ameisen wuseln über die Wege, und überall bezeugen tote Sträucher, dass niemand sie je gießt. Nicht mal hier spricht man noch mit den Toten, denkt Hélène. Vielleicht aus Angst, sie könnten uns die Rechnung präsentieren?

Schwer hängt der Beutel mit den beiden Exemplaren ihres Buchs ihr über der Schulter. Das erste ist für ihren Vater, wo immer er auch sein mag, da unten im Sarg oder dort oben im Himmel. Und für ihre Mutter, die inzwischen neben ihm ruht. Leise tritt Hélène vor das Familiengrab, um das Buch zwischen den Grabstein und eine schwere Vase zu legen, wo es vor dem Sturm geschützt ist. Da kommt eine Brise auf, anscheinend ist Flut. Ein dumpfes, von einer Bö herangetragenes Geräusch lässt sie hochfahren. Der Wind bläst durch die Seiten, blättert sie hin und her, mal schneller und mal langsamer, als suche eine unsichtbare Hand eine bestimmte Stelle.

Hélène muss weiter, der TGV um 17:02 Uhr wird nicht auf sie warten. Genauso wenig wie der Freund, der sie heute Abend ins Theater ausführen will.

Sie geht den Weg zur Teufelsgrotte, den letzten, auf den Marguerite ihren Fuß gesetzt hat. An der dreihundertjährigen Eiche angelangt, gräbt sie ein Loch zwischen zwei Wurzeln und hinterlegt darin das zweite Exemplar ihres Buchs, verpackt in eine blecherne Keksdose. Der Baum erfüllt Hélène mit tiefer Ruhe.

Bei der Vorbereitung für ihre Prüfung hat Marguerite ihr einmal von einer untergegangenen Kultur in Mexiko erzählt, die Verben nur im Präsens konjugiert, keine Vergangenheit gekannt hat – oder besser gesagt, die die Vergangenheit neben das Präsens stellte und sie von seinem Glanz durchdringen ließ, wie die Sonne die Erde erhellt. Marguerite und ihr Vater sind gegangen, doch in Hélène leben sie weiter, wie eine kleine Flamme, die niemals erlischt.

In der Ferne wird die rote Sonne bald im See versinken. Kleine feuerrote Wolken ziehen über Hélène hinweg. Das Lied des Wasserfalls hallt durch die feuchte Abendluft. Die Vögel erwarten gelassen die sternklare Nacht.

DANKSAGUNG

Jean S., dem schonungslosen Leser und entschlossenen Korrektor. Françoise L., die mir das Tor zu ihrem Königreich geöffnet hat. Monique L. und Christiane C., deren Erinnerungen zu meinen geworden sind.
Doktor Fernand Jacq, dem Vorbild für meinen Arzt der Armen. Ricardo C., der mir seine Augen geliehen hat.
Fontana T. für ihre beharrliche Unterstützung.
Jeanne M. und Veronique C. für ihr Vertrauen und ihre Professionalität.
Charles und Justine S., meinen unerschöpflichen Quellen der Inspiration.
Vielen Dank euch allen.

MIX
Papier | Fördert gute Waldnutzung
FSC® C014496

2. Auflage 2024

Titel der Originalausgabe Le Passage de l'été

Aus dem Französischen von Stefanie Jacobs und Jan Schönherr

Covergestaltung Miriam Bröckel
Covermotiv © Gabriela Alejandra Rosell / Arcangel Images
Gesetzt aus der Garamond Premier Pro
Satz Wilhelm Vornehm, München
Druck und Bindung GGP Media GmbH, Pößneck

ISBN 978-3-462-00387-1